实力派

晓秋
主编

中短篇小说集

无影无踪

陈世旭◎著

中国言实出版社

图书在版编目（CIP）数据

无影无踪 / 陈世旭著. –– 北京：中国言实出版社，
2022.9
（实力派 / 晓秋主编）
ISBN 978-7-5171-4280-5

Ⅰ.①无… Ⅱ.①陈… Ⅲ.①中篇小说－小说集－中
国－当代②短篇小说－小说－中国－当代 Ⅳ.
①I247.7

中国版本图书馆CIP数据核字（2022）第157204号

无影无踪

责任编辑：张馨睿
责任校对：宫媛媛

出版发行：中国言实出版社
　　　　　地　　址：北京市朝阳区北苑路180号加利大厦5号楼105室
　　　　　邮　　编：100101
　　　　　编辑部：北京市海淀区花园路6号院B座6层
　　　　　邮　　编：100088
　　　　　电　　话：010-64924853（总编室）　010-64924716（发行部）
　　　　　网　　址：www.zgyscbs.cn　　电子邮箱：zgyscbs@263.net

经　　销：新华书店
印　　刷：北京温林源印刷有限公司
版　　次：2023年1月第1版　　2023年1月第1次印刷
规　　格：880毫米×1230毫米　　1/32　　8印张
字　　数：180千字

定　　价：68.00元
书　　号：ISBN 978-7-5171-4280-5

目 录
CONTENTS

001 ╱ 菜籽花儿黄

021 ╱ 上一回庐山

039 ╱ 无影无踪

054 ╱ 西风暴

069 ╱ 珠 儿

082 ╱ 仲夏夜

100 ╱ 封缸酒

116 ╱ 清明柳

131 ╱ 临江仙

141 ╱ 月缺月圆

162 / 最高的山墙

175 / 落子无悔

195 / 镇上的面子

215 / 一觉大师

232 / 悟道雅室

247 / 代后记　小人物的命运史

菜籽花儿黄

一

洲上的时间，染着农作物的颜色。眼下，是菜籽花儿黄的时节。

江洲就像浮在长江江心的一大朵黄花。

惊蛰的虫子从看不见的地方爬出来，飞起来了。夜里猫乱窜，惨叫，吵得人困不着。日里江滩上的母牛正闷头啃草，一头骚牯忽然前脚跳起老高从后面扑到它背上，后蹄子在滩上刨出一溜儿深沟。蝴蝶、蜂子人前人后追着乱撞。日头晒得身上热烘烘、麻酥酥的，喝了酒样的迷糊。到处丝丝作痒，又不晓得该抓哪里。总想在哪里死命打一拳或是跺一脚。一种没来由的念头，说不清，又赶不走。

　　菜籽花开黄蹦蹦，
　　女儿想得人要疯。
　　……

　　省城伢儿钟国宝扯起喉咙吼叫。女人们不接嘴，只骂：死骚牯！骂过就嬉笑。他就更得味儿。棉花地上，入冬前种的菜籽已经齐腰高。歇坡的时候，女人就地坐下做针线，钟国宝鬼头鬼脑地弯下腰，从菜籽林里钻过去，在女人身上捏一把。被捏的女人大呼小叫，一群女人撂下针线围过去，捉手的捉手，捉脚的捉脚，把他拖出菜籽林，齐声发喊"一、二、三"，丢进地头的水沟，看见泥水溅起，钟国宝在沟里乱爬，笑得前仰后合。钟国宝从沟里爬起，一脸一身烂泥，也笑得喘不过气，像是捡了天大的便宜。

　　钟国宝鸡窝头，扫帚裤，打小流里流气，从小学到中学，老是偷看女厕所，偷看女老师洗澡，罚站、挨批、记过，都改不了，家里只好让他退学，免得丢人现眼。他不在乎。母舅在省里的大机关当干部，每天夹个大皮包坐小包车，有次就便到洲上看外甥，场里摆酒接待。钟国宝觉得自己是新职工中的男一号，没有哪个妹子他缠不上的：

　　十个妹子九个肯，
　　怕只怕你嘴不稳。
　　花开引得俏郎来，
　　肯是肯来要你缠。
　　虫咬梨子心里啃。

"那你捏一把沈引娣试试。"

有人挑唆。

"我不怕引娣，怕她老子。"

钟国宝嘴硬。

"还是怕。"

众人哄笑。

引娣还没有说人家，男男女女打情骂俏，她不远不近地在一边勾头绣花，一边细声细气地哼：

> 女儿无事坐高台，
> 高台下面长油菜。
> 风不吹来枝不摇，
> 雨不洒来花不摆。
> 姐不风流郎不来。
> ……

引娣是总场沈会计的独生女，生成戏台上的花旦样。都说，沈会计两口子舍不得女儿嫁人。他们哪里晓得，两口子一肚子苦水。

沈会计是二队老职工中最有出息的人。从队会计到分场会计到总场会计，一路上坡，水到渠成，瓜熟蒂落。搞得他原来的名字大家都不记得了。他人长得周正，国字脸，眉清目秀，皮色又白，小分头一丝不乱，身上沾上一点灰土马上要拍个一干二净，说话走路，比县里下来的大干部还像大干部。在场里的中学毕业回到二队，接替病重的老子当会计。他做的账目也跟他人一样一清二楚，比他只读过年把私塾的老子强多了。

总场会计就是吃商品粮、按月拿工资的国家干部了，跟洲巴佬一个天上一个地下。沈会计是极要面子的人，人活一张脸，树活一张皮，当国家干部是光宗耀祖的事，自然是珍惜。去总场正式上班之前，特地去市里置办了一身簇新的灰蓝中山装，买了一个塑料公文包、一双黑色猪皮鞋，小分头也吹了风，抹了油。返回时，班船的船工有认得他的，问：沈会计变了个人啊，是要做新郎了吗？他笑而不答，找到自己的座位，把公文包抱在胸前，端端正正坐下。

这一年，沈会计双喜临门：当了国家干部，女儿引娣出生。

总场会计一直当得很稳当，当得越久越有资格。只是着急引娣老也没有引个弟来。眼见得到了要说人家的年纪，沈会计不得不死了心。一想到引娣哪天一旦嫁出去，自己跟里头人就成了两个孤老，心下就辣痛。跟里头人商量：找个倒插门女婿。引娣在洲上不是独一流也是一流之一，不愁没有人上门。

提亲的人接索而来，只是总也不能称心如意。沈会计的意思：一是吃农业粮的一律不考虑，起码要是国家干部；二是人要长得体面，起码要配得上引娣；三是人品要好，起码要保证引娣不受欺负。

二

也是沈家从来规矩本分修来的福气，那个人没有几久就出现了。县里分配来一个复员军人蒋忠诚，到场办当干事，二十三四，高大精壮，浓眉大眼，仪表堂堂。一身洗白了的军服总是绷得笔挺，领口的扣子总是扣得铁紧，衬衫领子看不到一点油腻。每天早早进了办公室，就挽起袖子扫扫抹抹，一个犄角旮旯儿都不放过，到处都搞得锃光瓦亮。

沈会计上紧跟人事科打听。蒋忠诚还真是单身，老家就在江对过的南边，兄弟姊妹早已成家，娘老子都过世了。

人事科长说：我看也要得，我给你们保媒。

沈会计的国字脸花一样绽放开来，一连声拜托拜托，只差没有磕头作揖。

蒋忠诚不久就上了沈家的门。他带来了自己全部值钱的家当：部队津贴的存折、一直不舍得穿的新军服、一个擦得跟镜子样亮的炮弹壳做的花瓶、一个鲜红塑料皮的笔记本、一面连队奖给他的小锦旗。

引娣躲在自己房里，不管娘老子怎么喊，死人也不肯出来。

蒋忠诚立正站在堂屋中间，脸白一阵红一阵，憋得喘不过气，好半天嗫嚅说：沈叔、沈姨，我先走了，下回再来。转身大步跨出门槛。

沈会计两口子推开女儿房门，看见女儿勾头坐在床上。

"人你看到了？要不要得？"

引娣的头越勾越低，死不作声。

"要不要得你说句话呀！"

沈姨急了。

"我来。"

沈会计心里有数：

"我回头去场里跟他说，你看他不上。"

"不！"

引娣猛然抬头，一脸通红。

住在引娣隔壁的孙小云跑过来，一把拉起引娣的手：

"这下好了！我妹子唱不成'姐不风流郎不来'了。"

二队城里来的新职工的宿舍一长排平房住了二十几号人，先前除了畜生的哼叫就几乎没有声息的屋场从此失去了平静。

洲上人自认"老职工"，喊新职工"新职工"，觉得他们没有几块正料，政府不过是安了个"支援农业"的好听名头，把他们赶到乡下。下了乡，他们哪里就安生了？五颜六色，奇形怪状，南腔北调，叽叽喳喳，打打结结，鸡飞狗跳。男的手脚总也不老实，大白天，人面前，搂着女的就啃，啃得女的身子乱扭，叽叽嘎嘎乱笑；女的衣服总也穿不正，不是遮不完奶就是遮不完肚子，一条白肉晃眼，让你想看又不敢看。宿舍的房门如同虚设，夜里灯一熄，单人床的帐子里就叽叽嘎嘎乱响，也搞不清是谁上了谁的床。一堆干柴烈火离了娘老子的管束，烧得乌烟瘴气。

老职工里，上了年纪的摇头啧嘴：做过了！然后不准自家的儿女接近他们。年轻的新鲜好奇，偷偷学坏。

其实新职工里头也有规矩的，孙小云就是一个。初中毕业没有考上高中，在市里闲了两年被街道上动员到农场来了。她已经有了男朋友，男孩在市里上大专。平时在集体宿舍，她能躲就躲，实在不得安生，就去找引娣。

引娣不出工的时候都窝在屋里。她的脸盘子像满月，老是侧着。别人不注意，她的眼睛滴溜溜转，别人一看她，马上就落下上眼皮子。孙小云跟她天生有缘，没有几天两姐妹就好得跟一个人一样。晚上收工，引娣常常拉着孙小云去她家过夜。沈会计两口子也觉得孙小云这街上女儿不错，蛮顺眼，还斯文，看引娣跟她那么好，就说，你干脆来家里住吧。

沈会计成家的时候，娘老子把积攒了多年的木头、砖瓦给他们做了新屋。本来是打算多子多孙的，房子明三暗六：堂屋和两边的厢房各是前后两间。而今，厢房前面的两间，一边住着他们两口子，一边住着引娣，后面的两间一直空着，里面的床和桌椅都是现成的。

孙小云住了引娣后面一间。

多了个人，屋里热闹多了。两姐妹没事就关在房里，不时响起咯咯大笑。

引娣手巧，花绣得好，从头到脚，衣领衣襟、裤腰裤脚、鞋面鞋垫，凡是看见别个绣了花的地方，她一点不落下。五颜六色的丝线绣出喜鹊探梅、蝴蝶双飞、鸳鸯戏水……把孙小云看得眼花缭乱，羡慕得不得了，一有空就跟着引娣飞针走线。

孙小云一边学绣花，一边听引娣唱歌：

> 一恨我的命啰，
> 命中不如人啰，
> 寻根索子去吊颈啰，
> 枉活十八春
> ……

洲上的民歌都是很伤感的，听着就像啼哭，孙小云笑起来："才十八就说'枉活'，羞不羞？听你唱得那么伤心，赶紧嫁呀，蒋忠诚不在等着吗。"

引娣说：

"我才不嫁那个死牛活头，我嫁你。"

"你嫁我？我才不要你。我有男人。没有男人我活不成。"

"那我就连你男人一起嫁。"

"你疯了！"

两个人疯疯癫癫笑作一团。

孙小云还真想男朋友了。那个星期天，她请了假，一早搭班船去城里看他。回来，鬼头鬼脑地拿出一沓复写纸印出的花样。

那些花样是孙小云男朋友在家里的旧书堆里翻出来的，说古时候的女子出嫁前就是把这些绣在贴肉的布上。花样上的男女像刮了毛的光猪，特别是那个地方一清二楚，各种各样的亲热场面看得人心惊肉跳。

"喜欢吗？"

孙小云问。

引娣别过脸，直点头。

"那就送给你。"

"真的？"

"当然真的。我就是特意带给你的。"

引娣满月样的脸盘子陡然放光。

三

　　蒋忠诚每天一早就先到沈家来"上班"，把一家人的早饭和沈姨引娣带去棉花地吃的午饭做好，再回场部食堂吃早餐，然后去场办上班。吃过夜饭又去沈家做夜饭，饭做好了，就去屋后的菜园拔草浇粪。

　　这时候，早已从场部下班回家的沈会计跟平日一样，端端正正地坐在中堂的桌子边上，一根接一根抽烟，跟蒋忠诚一起等着沈姨引娣收工吃夜饭。他每天除了午饭在场部食堂吃，一早一晚都在家里吃。

　　一家人吃完了，蒋忠诚帮着沈姨收拾锅碗瓢盆，诸事熨帖了，才回场部宿舍睡觉。二天一切又从头开始。他在一个荒岛当了三年兵，做了三年饭，种了三年菜，后两年升了班长，现在做这些，跟伢儿过家家一样。那时是一连官兵，这时是一家三口，不能比。他心又细，跟天南海北的老兵学了不少灶上手艺，饭菜做得特有味，场部食堂逢年过节加餐都让他上手。

　　说女婿是半边之子，蒋忠诚比儿子强多了。沈姨本来是家里最辛苦的：男人是国家干部，没有做家务的道理，下班回来就端个架子坐着，沈姨给他盛好饭端上桌才抓起筷子。引娣是心头肉，做饭洗衣沈姨从来不让她沾手。沈姨夜里钻进被窝，浑身骨头辣痛，咬紧牙齿不声张。现在有了蒋忠诚，沈姨一下觉得享上了八辈子福。

蒋忠诚来沈家，一心做事，从来不敢正眼看引娣。引娣自然也不好主动跟他搭腔，吃了夜饭跟孙小云两个关在房里，咿咿呀呀地唱：

> 哥是稗子姐是秧，
> 哥要连姐赶上趟。
> 等到别个来薅草，
> 扯起稗子留下秧。
> 把哥丢在干岸上。
> ……

蒋忠诚对民歌没有反应，在部队他只喜欢看动枪动炮的电影，对唱歌跳舞的慰问演出没有兴趣。

沈会计两口子忍不住私下对他说：你也特忠厚了，不起手动脚，话总可以讲的，打连打连，要连的啊。

蒋忠诚立正说：

"是。"

二天引娣上早工，等在门口的蒋忠诚轻轻喊：

"引娣同志你等等。"

看看沈姨和孙小云先走了，说：

"饭菜好不好吃，你要多提意见……地里很辛苦，你要多喝水……"

"还有吗？"

引娣问。

"还有……我们要互相学习、互相帮助……"

"还有吗？"

"……没有了。"

引娣扭头走了。蒋忠诚看着她的后背发呆。

在堂屋吃早饭的沈会计不由笑了，说道：

"这是家里啊，怎么搞得跟当兵一样。哪天场部放电影，你带引娣去看。没有吃过猪肉，还没有看过猪走路？有样学样也不会吗？"

蒋忠诚说：

"是。"

场部放电影那天，收工早些。吃完了夜饭，沈姨对蒋忠诚说：你带引娣去看电影，这里我来收拾。沈会计从不看电影，点了烟，在中堂坐定，说，是，是，早点去，有位子。

农场被一圈大坝围着，屋场在坝里沿坝脚绵延，各家的屋墩高低宽窄不一，夜饭时候，各家门口也常有人走动。蒋忠诚犹豫了一下，大步走到坝上。

坝上路平，只是人多，都是去场部看电影的。蒋忠诚在前，拉开引娣好几步，越走越快。引娣看看赶不上，又不好开口叫喊，干脆站住，眼泪一下涌出来，扭头回家。

蒋忠诚到了场部的坝头上才发现引娣没有跟上，赶紧回头。

引娣坐在自己房里抹眼泪。见到跑得上气不接下气的蒋忠诚，沈会计又好气又好笑，对引娣的房间努努嘴。

蒋忠诚推门进去，像根棍子一样戳在引娣面前：

"引娣同志，是我不对，没有照顾好你。"

引娣一扭身子：

"哪个是你同志！"

蒋忠诚看着脚尖，等着引娣发作。

引娣恨恨地看着蒋忠诚，问：

"你真是死牛活头啊？"

"不是。"

蒋忠诚看她一眼，又赶紧低头。

"我是丑鬼吗？"

"不是。"

"不是你为什么怕看？"

"我看了，我没有怕。"

"没有怕为什么勾头？"

蒋忠诚抬起头，眼睛却越过引娣的头顶，看着她身后挂着的那面连队奖给他的小锦旗，黄豆大的汗珠子劈面流下。

引娣扑哧笑了：

"算了，莫遭罪了，回去吧。"

四

那天下午，日头火辣，孙小云忽然撂下锄子，对身边的引娣说要回屋一趟，飞快跑了，再没有回来。会计来记工分，引娣说，孙小云说不定来身上了，才走一脚。说完自己就扯脚往家里赶。看孙小云跑走时的慌慌张张，她还真有点为她担心。

大白天从来不关的堂屋门被人带拢，引娣推门进去，又高又阔的堂屋深处，孙小云房里传出很奇怪的一种声音。她快步穿过堂屋，一脚踏进孙小云敞开的房门，雷劈了一样浑身一震，一扭头转身退出，拼命往棉花地跑，刚跑不远就跑不动了，脚骨子直发软。

夜里跟老娘收工回来，屋里只有老子和蒋忠诚。引娣说，好累，不吃了。进去关了房门。

孙小云一夜未回。引娣眼睁睁地新鲜了一夜。一个又一个光猪影形在眼面前晃来晃去。

二天半上午孙小云才在棉花地现身。歇坡的时候，她挨着引娣坐下。

地里的草长疯了，前脚锄子响，后脚脚板痒，队上不准请假。孙小云好久没有回城，男朋友等不及，也不来封信，旷了课直接窜到场里来了，在场部打听到二队的棉花地就在屋后，跑到地头一眼就看到锄草的孙小云，含着指头打了个长长的嗯哨。这声嗯哨孙小云马上就听到了，她好像一直就在等着这一声嗯哨。

引娣说：

"后来的事你莫说了。"

"你回了屋？"

孙小云脸一下红了，说：

"我也想他想疯了。"

夜里他们去了场部招待所。值班的人跟在他们身后，说：你们没有结婚证，不能同屋过夜，只能留一个，那个坐坐就走人，走之前不准关门。他们只好出来，在场部后面的菜籽林过了一夜，二天上午，她送他上了班船。

"在菜籽林里也做了？"

引娣看着孙小云乱糟糟的头上尽是黄蹦蹦的菜籽花。

"当然。天当被，地当床，菜籽花儿黄。"

孙小云回味无穷。

"那不跟钟骚牯一样吗？"

钟国宝说过他要相好了哪个，一定在菜籽林里跟她浪漫！

"骚牯？你们家蒋忠诚才是骚牯！你也跟他骚一回，莫守着骚牯守活寡。"

孙小云寻引娣开心。

引娣酸酸说：

"我没有你命好。"

说着就眼泪巴巴：

　　　姐姐门前一棵椿，

　　　椿树杪上挂明灯。

　　　别人走路灯有亮，

　　　我今走路灯不明。

　　　高灯只照有心人。

孙小云说：

"这个蒋忠诚也太憨了，一点不懂女孩子。"

"莫说他了。"

引娣认真说：

"下次姐夫来，莫钻菜籽林，就来屋里住。"

"那怎么行，你老子不拿刀杀了我们才怪！"

孙小云担心。

"亏你还是新职工，你不会上半夜跟我睡，下半夜回你房吗？"

"引娣引娣，看不出你比我还坏！"

孙小云一把抱过引娣，一顿猛亲：

"我怎么谢你啊？要不你也跟姐夫睡，花样上有的：一龙二凤。"

"说得好听，到时候莫吃醋。"

两个人又疯疯癫癫笑作一团。闹完了，引娣幽幽地看着孙小云：

"莫说你，这种事娘老子也帮不了。"

孙小云忽然跳起：

"我有个主意。"

五

蒋忠诚正趴在桌上看文件，有人敲窗玻璃，是孙小云。他赶紧从办公室出来：

"找我？"

"不找你找哪个？引娣病了，我刚送她回屋。沈会计出差了，沈姨急得没有法子，让我来喊你。"

沈会计头天去县里开会了，蒋忠诚晓得的。

回办公室匆忙交代了一声，蒋忠诚就冲锋一样跑出来。

孙小云说：

"我要上工，你赶紧。"

场部就在二队的范围里，跑起来没有几步路，蒋忠诚却觉得天高地远，像是总也跑不到头。

总算看到沈家的屋门了，蒋忠诚从坝头上飞奔而下，猛推合上的屋门，差点栽了一跤——门里没有上闩。屋里安静得逼人，隐隐听到引娣房里的声息。蒋忠诚放平了脚步，走过去，轻轻拍了拍房门，感觉到房门也没有上闩，不敢乱动，问：

"引娣在吗？"

"进来。"

是引娣有气无力的声音。

蒋忠诚一下推开门，愣了……

引娣一只手支着脸，歪靠在床上，只系了个红肚兜。

蒋忠诚眼睛发黑，金星乱冒。终于镇定下来，看清了，那个肚兜是他送的那面小锦旗，旗上的"奖"字没有了，是一个莫名其妙的图案。

引娣两只眼睛灯一样盯着他，闪闪发亮。

"你病了？"

蒋忠诚喉咙干得像火烧一样。

"都快病死了。"

"怎么不去医院？"

"医院治不了。"

"那是什么病？"

"菜籽花病。"

"引娣……"

蒋忠诚听见自己的脑壳"轰轰"响。

"过来。"

引娣不容迟疑。

"不可……以的……引娣……我们没有圆房……"

"现在就圆房。"

"我……我们……没有……办、办酒……"

蒋忠诚一边结结巴巴，一边后退，退出房门，退出大门，毒辣的日头下，身子像要爆炸。

那夜，孙小云像抱细伢子一样把不停抽搐的引娣抱在怀里，不住嘴地对着耳朵哄她。快天亮的时候，引娣像是睡着了，身体却火烧一样滚烫起来。

"要不要告诉沈姨？"

孙小云慌了。

"不要。"

引娣硬撑着坐起。

"你要去哪里？"

"上工。"

之后的日子风平浪静，好像什么事都没有发生过。蒋忠诚照样每天一早一晚过来"上班"，诸事熨帖了就回场部。只是见到引娣就像做了亏心事，眼睛躲躲闪闪，能不说话就不说话，非说不可，也是引娣同志如何如何，比同事还生疏。引娣反而比先前随便多了，蒋忠诚跟她说话，她就大大方方地回答。蒋忠诚不说话，她就开口喊他，让他不消那么勤快，坐下来歇口气，给大家讲讲海岛的故事，那个岛是不是跟仙岛一个样？

沈会计两口子看着一家人和和睦睦，很舒心，眯着的笑眼在女儿女婿脸上睃来睃去，心里说不出的味儿。一面上紧择吉日给他们圆房。

但孙小云总觉得有哪里不对头，私下里问引娣：

"你真的不恨他了？"

"不恨。"

引娣勾着头，手上针线不停：

> 连姐连到四月天，
> 没脱衣服跟姐眠。
> 篷上困觉打一转，
> 风吹荷叶遮半边，
> 这是有情没有缘。

"不恨就好。蒋忠诚是个好男人。你们有情有缘。"

引娣弯下腰，吃吃地笑。

孙小云从来没有见她这么笑过：

"死妹子，是不是好上了？"

引娣点点头，脸上放光。

孙小云想起来，晓得蒋忠诚脸皮子薄，引娣后来去场部看电影都跟着她。那回引娣中间走开了好久。回来像喝多了酒，晕乎乎的，向来扎得油光水滑的辫子散了，扣得丝风不透的颈上和腋下的扣襻子也开了，脸上也是这样放着光，坐下来，软绵绵地搂住她。

"去蒋忠诚屋里了？"

引娣不答，只憨笑。

看不出，老实巴交的蒋忠诚竟是个闷骚，贼胆也忒大了，场部放电影这么多人，他都不管不顾。

"这就好了。蒋忠诚到底不是死牛活头。"

孙小云嘘了口气，为引娣高兴。

引娣从此唱的尽是荤民歌：

> 捏姐一把姐一扭，
> 姐骂哥哥轻骨头。
> 捏姐莫在人前捏，
> 人前捏姐假风流。
> 你不知羞我知羞。

夜里收工回来，三口两口扒完了饭，蒋忠诚前脚出门，她后脚就跟了出去。孙小云在食堂吃了夜饭过来，总要等到半夜才见她回屋，衣衫总是乱乱的，二天早上还看见她头发上的菜籽花。上工的路上孙小云咬她耳朵：

"蒋忠诚的宿舍上好的，你们也去钻菜籽林？"

"天当被，地当床，菜籽花儿黄。"

引娣眉眼里尽是女人的风情和幸福。

六

割菜籽的日子到了。无边的菜籽黄零零落落。

洲上火一样的热天开始了。

最早是孙小云，接着是沈姨，发现了引娣的异常：泛酸、馋嘴、懒起。有时候半夜摸回来，房里的灯一直亮着，孙小云偶然在引娣床头看到一叠细伢子衣裤，都细心绣了花。

沈姨告诉沈会计，沈会计心里欢喜，脸上板着：

"怎么搞的，两个憨包伢儿，就等不得圆房吗？不圆房就有了，脸皮往哪搁？"

沈姨说：

"天天在一个屋檐下挨挨擦擦，哪有不上火的。当年你不也是叫花子烧粑等不得热嘛。"

二天上班，沈会计把蒋忠诚喊到一个背静地方，问他打算何时圆房。蒋忠诚涨红了脸，结结巴巴说，最早也要到明年菜籽花黄，因为他老子到那时才出三年。

南边和洲上一样的规矩：老人过世，守孝三年，儿女不能办喜事。

沈会计的脸一下煞白：

"你早晓得这些，做什么不小心？"

"小心什么？"

"你问我，你自己心里没有数吗？"

"啊？"

蒋忠诚疑疑惑惑。

"引娣都要出怀了，你还装什么憨？"

轮到蒋忠诚的脸一下煞白：

"沈叔，我……我连引娣的手指头都没有碰过。"

蒋忠诚的嘴唇打摆子一样瑟瑟直抖。

沈会计的眉毛一下立起：

"真的？"

"我何时说过假话？"

沈会计全身像风箱一样响起来，气越出越粗。一把推开蒋忠诚，直奔场部后面的棉花地，找到引娣，当众问：

"说，肚子里是哪个的杂种？"

引娣勾着头，死人不作声。

四周办丧事一样静默。二队人从来没有见到过比县里的大干部还像大干部的沈会计这样发恶。

沈会计夺过身边一个人的锄子：

"你开不开口？不开口我一锄子扪死你！"

吓得紧挨引娣站着的孙小云浑身一震。

除了引娣，哪个也没有想到，从人群里走出来，挡到引娣前面的，是顶着鸡窝头、穿着扫帚裤的钟国宝：

"爸。"

沈会计像是大晴天突然遭了雷劈，滚圆的眼睛越睁越大，扑通一声栽倒在地上。

醒来的时候，沈会计躺在场医院的病床上。不管众人怎样劝，不管沈姨怎样求情，他只有一句话：

"不准引娣再进屋门。"

孙小云把引娣带到集体宿舍，两个人挤一张床。

钟家很快就来接新娘子了。

引娣出嫁不到一个月，钟国宝带着她去了省城。母舅安排钟国宝进了一个省级单位的车队，引娣做了家属工。二年菜籽花黄的时候，小夫妻抱着沈会计的外孙回到洲上。沈会计依旧不准他们进门，也不准沈姨去看他们。

一家人团圆是在沈会计退休之后。沈会计多年的心口疼总也不好，钟国宝派车把他接到省城住院，后来二老就留在女婿家里。那时候，钟国宝是一家有规模的房地产公司的老总。孙小云和她男人——就是那个跟孙小云在菜籽林"天当被，地当床，菜籽花儿黄"里过夜的大学生，都在他公司当高管。

引娣跟钟国宝结婚后，蒋忠诚向上级打报告要求调回了南边老家。

把引娣赶出家门后，沈会计退了蒋忠诚的彩礼：部队津贴的存折；一直不舍得穿的新军服；一个擦得跟镜子样亮的炮弹壳做的花瓶；一个鲜红塑料皮的笔记本，以及连队奖给他的小锦旗。上面，引娣拆了"奖"字绣上去的"春宫"让沈会计看得好一阵咬牙切齿，对蒋忠诚说：

"伢儿，对你不住，我枉为人父。"

潸然泪下。

那面小锦旗蒋忠诚一直留着，没事就拿出来，看着发呆。特别是到了菜籽花儿黄、心里总有些蠢动的时节。

上一回庐山

一

　　二队的新职工喜欢坐在坝头上，对远处的庐山指指点点，把这辈子能上一回庐山当作人生的一个最大目标。之前听招工宣传，好几个人就是冲着"农场就在庐山脚下"这句话，不顾娘老子反对，要死要活从家里跑出来的。

　　大晴天，在坝头上可以清清楚楚地看到长江对岸、金光闪闪的鄱阳湖上浮着的庐山。山腰丝丝白云飘过，像有人挥舞绸子。山上的五老峰、仙人洞、三叠泉、瀑布云、外国人留下的无数洋房……都是天下少有的奇观。到了夜晚，庐山的剪影贴在幽蓝幽蓝的天幕上，一点一点星子一样晶亮的光在剪影上画着"之"

字，那是山道上夜行车的车灯……洲上去过的人说起庐山，一个个得意扬扬。

没有别人的时候，省城社会福利院来的张甲、张乙、张丙也会坐在坝头上，看着庐山的影子出神。

江洲农场去省城招工，带回了二三百人，其中半数是社会福利院的孤儿。

二队分到三个孤儿，姓的是社会福利院院长的姓，名字中间的字都行社会福利院的"社"字。分别是张社保、张社抱、张社宝。因为读音很接近，不容易分清，喊起来容易乱，队长吴毛俚为了省事，干脆就分别叫了张甲、张乙、张丙。三个人生年不详，排名甲乙丙，依据的是他们进福利院的先后顺序。

张甲是在社会福利院门口捡到的。大冬天，门房一早开门，看见台阶上一个烂布片裹着的婴儿，小脑壳冻得乌青，摸摸鼻孔，冰凉。这种事他见多了，不紧不慢地抱起，去敲医务室的窗子。夜班医生不耐烦地爬起来，听听胸音，还是活的。

张乙是社会福利院从妇产医院接来的，生下来几天后，她娘老子突然不见了。医院等了两个星期，确定她是被遗弃了，给社会福利院打了电话。

张丙是一个乡下女人拉扯来的，慌慌张张地推进门房，说了声这孩子家里没人了就转身跑了。

最初，二队十几个下放的新职工依照各自的来处各分作一伙，接触多了，就有交叉，搞混了。但不管怎样搞混，张甲、乙、丙始终混不了，没人把他们当数。大家嫌"社会福利院"啰唆，直接就叫"孤儿院"，连"张甲、乙、丙"也懒得喊，就说"那几个孤儿院的"。

"那几个孤儿院的"只能自己抱团。只有他们，喊对方都喊社会福利院起的名字。

在厨房吃饭，三个人蹲在一个墙角。各人照各人的量打饭，到月吃不完的定量，张乙就分给张甲、张丙。农场吃的是定销粮，只要是劳力，每人定量一样。

每顿饭只有一个菜，见人一勺。张乙也吃不完，先分别拣到张甲、张丙碗里。那勺菜每次只有一样，都是煮的。一大锅菜煮好了，放一小勺菜籽油。菜是食堂菜园种的，菜籽油是春上收了菜籽从上交部分中提留的，提留的标准跟城里的定量一样，放到食堂里，没几天就舀完了。

农场惯例，一年三节各有一次加餐，每人一勺红烧肉。张乙怕油腻，都分给张甲、张丙。张甲、张丙每次都用筷子把瘦肉夹出来，拣回给张乙。在孤儿院听院医说过，怕油腻的人多半是因为体质差，要是老不吃荤油，只会更差。隔三岔五，夜里张甲就拉起张丙，去棉花地中间的裤脚套偷捉蛤蟆。

张甲脱个赤膊郎当蹚水沟，张丙拿个化肥袋在沟边上跟着。洲上的蛤蟆从来没有人捉过，很憨。蹲在水边的草窠里正叫得起劲，电筒一照，马上哑了，一动不动，只鼓起两只眼睛骨碌碌吃惊，直到被人一把掐住，才四脚死命乱蹬。捉够了，就着水沟剥洗干净，在沟边拿几块石头围个灶，架上孤儿院带来的搪瓷盆，煮熟了，小心倒进带盖的搪瓷缸子，连夜把张乙喊起来——张乙的床靠窗子，在外面轻轻一拍她就听见了。

在棉花地锄草，定额一人一垄。张甲手脚快，锄完了自己的那一垄，张乙还没有锄到一半。张甲就去张乙那一垄的尽头，锄到跟张乙会合。这时候，张丙也差不多完成了自己的定额。

三个人的衣服被褥，都是张乙浆洗。起先去坝外的土塘漂洗。土塘是筑坝留下的土坑，雨水积成了塘，深浅不一，深水清，浅水浑。有一次张乙一心要找水清的塘子，滑进了深水，张甲、张丙再不让她去土塘。张甲找到一截竹筒子，从里面把竹节掏空，只留下头上一节，筒身打了孔，装进明矾碎块，交给张丙。然后去江里挑水，水挑上来，张丙拿着那截竹筒在桶里搅动，泥汤样的江水很快澄清，再倒进洗衣盆。

裤裰破了，扣子掉了，鞋子烂了，张乙缝补不过夜。

他们从小被孤儿院教乖了，特懂事。上工，下工，吃饭，睡觉，浆洗，缝补，井井有条。别个不理他们，他们也不招惹别个。井水不犯河水。

时间长了，城里一帮痞子讪笑：这三个人，说是兄妹，亲得像夫妻；说是夫妻，怎么一床睡？卷毛儿说，那还不容易，张乙上半夜跟张甲睡，下半夜跟张丙睡。

三个人只当没听见。

二

三个人里，张丙年龄最大，话却最少。一张虚胖得松松垮垮的脸，嘴总是半开着，眼睛不是低头看着脚下，就是侧脸看着远处，一副憨相；张乙像刚出洞的老鼠，见人就惊慌失措。人细瘦得像根葱，刮个小风就能折断。

只有张甲火气冲，跟他的长相反差很大：尖头尖脑，又瘦又小，比队上所有男人都矮半个头，好像一直就没有从当初在孤儿院门口冻成的乌青中缓过来，浑身漆黑，夜里向你走来，你能看清的只有两只眼睛和白牙齿。孤儿院的三个人里，大家最不当回事的就是他。没想到独独是他，凡事都不肯认输。走路从来不在人后，小鸡公一样昂着头，撅着屁股，死命往前拱。新职工刚下来队上就讲清楚了：一年以内不评工分，只拿基本分，大约是壮劳力满分的一半——这已经是照顾了，多数人没有一年，连农活的门槛也摸不着。他不服。才过了个把月，他在上工的路上拦住队长吴毛俚，要求跟壮劳力一样评工分，而且他要跟壮劳力一样高。

吴毛俚精瘦，病恹恹的，从来不说笑，好像总也没醒瞌睡，眼睛半闭着，听了张甲的话，居然睁了一眼，低头看定他，说道：

"你要评工分？还要跟壮劳力一样高？"

"不可以吗？"

张甲抬着头，气昂昂的。

"可以倒是可以。要先过三道关。头道关，八分；二道关，九分；三道关，才是满分十分。"

"哪三道，你只管说。"

"头道，扛包，两百斤的麻包从江里扛进仓库；二道，犁地，一条垄三里，从头犁到尾不能打弯；三道，装车。"

吴毛俚指着几垄地外正在装麦秸的牛车，牛车的木头轮子差不多两寸厚，包着一圈扁铁，张甲的小脑壳刚够到车轮中心的轴头。可以堆满半间屋子的麦秸齐腰高一捆，在车上码好后，比场部的屋檐还高。

"这有什么！"

张甲一脸不屑。

"伢儿你莫扯了。"

吴毛俚没有幽默感，不喜欢扯淡：

"你做不了的。"

"你不让我做，怎么晓得我做不了？"

"不是发蛮的事！我才九分五！"

吴毛俚有点急了。

"你是你，我是我！"

张甲一根筋。

"那好，明日，扛包。"

吴毛俚懒得啰唆。

二天，早饭过后，一帮壮劳力去江上扛包。

一条大驳船，靠在江边，又宽又深的船舱，堆满了袋装化肥，每袋标明一百公斤，是张甲体重的一倍多。

一下来了好几个队的人，那么重一条船被踩踏得像小划子一样晃动。好几条长长的跳板搭在岸上，走上去，弹簧片一样上下弹动。别队有几个人上去没走几步就掉到江里，又狼狈不堪地爬上来。走在二队劳力最前面的张甲好像没看见，一个箭步蹿上跳板，然后就像粒打水漂的石子一样蹦到了船上。

吴毛俚早已带着两个壮劳力在驳船上站定了位置。见到张甲，吴毛俚忍不住说：

"你真来了？"

张甲不搭理，转身朝麻袋堆撅起屁股，两只手撑住膝盖，等着他们往背上搁麻袋。等了半天不见动静，他扭回头，看见队上那两个壮汉把麻袋在他背上抬起老高，就是不敢放下来。他气得黑脸上的两只眼睛血红：

"放啊，放啊，放啊！不放我骂人了！"

那两个人看看无可奈何的吴毛俚，只好把抬着的麻袋在张甲背上放落。

只听"扑"的一声，麻袋把张甲整个人压趴在船板上。

吴毛俚失声喊：

"憨伢儿哎！"

那两个人正要从麻袋堆上跳下，挪开压住张甲的麻袋，那只麻袋却又一点一点地从船板上被拱起。然后一点一点地移到跳板上，一点一点地移到岸上，一点一点地移过宽阔的江滩，一点一点地移上老高的堤坝，一点一点地在堤坝上向二里外的二队移动，在堤坝那边消失。下了堤坝，要进到二队仓库，还有老长一段路。

二队一帮人，心都悬着。

张甲却小跑着回来了。照样是小公鸡一样气昂昂的。黑着脸，一过跳板就撅起屁股：

"来！"

"伢儿伢儿哎，我叫你活老子，要得啵！你要八分就给你八分，只求你莫作死！"

吴毛俚几乎是哀求。

"来！"

张甲抬起一只撑膝盖的手，拍了一下肩头。

那一上午，张甲跟着二队的一帮壮劳力，一袋化肥也没有少背。

"说话算数，八分，对不对？"

散伙的时候，张甲问吴毛俚。

"算数，怎么不算数！"

吴毛俚很困惑地眨眼：

"真是个活老子！没见过这样要工分不要命的。"

"今年来不及了，明年秋后，我要犁地，装车。"

张甲得寸进尺。

"要得。"

吴毛俚叹了口气。

三

卷毛儿是在庐山脚下的城里长大的。上下水码头，见多了怪模怪样。一头卷毛黑一撮黄一撮，像个花皮老鼠。色眯眯的眯细眼，尖嘴像涂了口红，花格子衬衫软塌塌的，男不男女不女，十足就是个无论城乡都厌恶的假模式儿上海瘪三。

从小学到中学，卷毛儿有一个总也改不了的恶习就是撩拨女生。趁人不备，这个腿上蹭一下，那个胸口抹一把，还学着上海话说是"吃豆腐"。不知道罚站、写检讨、挨男生痛打了多少次，就是百折不挠。有过一个泼辣的女生给他撩拨得火起，狠抓了一把他的裤裆，惊叫了一声"骚鸡公"。后来卷毛儿的手脚动到了中学校长宝贝千金头上，终于受到严厉处分。他自己觉得没脸在学校混下去，懒得再去学校，从社会上一直混到来洲上。

到了二队，卷毛儿的眯细眼照旧总在女伢儿身上睃，女伢儿一发现就啐他。他最后就瞄上了甘新华。甘新华在队上很孤单，这让他觉得有机可乘，时不时去挨挨擦擦。甘新华倒不生气，问他：

"说你是骚鸡公？"

"你要不要试试？"

卷毛儿涎着脸。

"真的假的？"

甘新华板着脸。

"当然是真的。"

卷毛儿眯细眼刷的一亮。

"是真的，就正经些。没听洲巴佬唱捏姐莫在人前捏，人前捏姐假风流吗？"

"是，是。"

卷毛儿惊喜得小眼睛放光。

约好了，夜里入睡后，去裤脚套，在队上的小草棚会面。

裤脚套是棉花地最低洼的地方，中间挖了一条横穿全场的水沟，排涝、存水、用水。各队都在沟边搭了个小草棚。从屋场到裤脚套起码二三里路，要穿过整片的棉花林。八月里，棉花林高过了人头。一头钻在里面的卷毛儿听着耳边"哗哗"的声响，脑子里尽转着平时听过的鬼故事，不知道什么时候面前就会突然出现一只青面獠牙兽，两只细脚杆吓得直发软。好几次想回头，又舍不下眼见得就要到手的好事。朦朦胧胧的星光下，终于看到那个幸福的小草棚了！卷毛儿的心一下堵到了喉咙眼上，止不住咳了一声。

"是卷毛儿？"

甘新华的声音从来没有过的柔和。

"是。"

卷毛儿浑身骨头都酥了。

"怎么这么晚才来？想急死我？"

"我我我……"

卷毛儿快活得脚肚子转筋。

"来吧，快些！"

甘新华魅惑的催促幽幽地飘出小草棚。

卷毛儿跳起脚，跑到草棚门口，一头扑进黑咕隆咚。

然后就听见一声恶狠狠的叱骂：

"狗东西，吃屎去吧！"

然后就是背上被人猛推了一掌。

然后就是一头一身一嘴的粪便。

小草棚里，一边的空地上放些锄头、铁锹、粪桶之类的小农具，一边是一口极大的牛粪窖，也供人上工时拉屎拉尿。

把卷毛儿推下粪窖的是剃头佬潘伢儿。

"放开肚皮，吃饱些。"

甘新华和潘伢儿嘎嘎笑着扬长而去。

卷毛儿昏头涨脑地爬起来。浓稠的粪便倒是不深，刚刚到膝盖那儿。但窖很深，跳起来也够不到窖沿。卷毛儿陷在粪便里，想死的心都有。

绝望中忽然听到了人声。卷毛儿扯起嗓子大叫。

外面的人是张甲和张丙。

"救命！"

卷毛儿可怜兮兮地喊。这之前打死他也不会想到有一天会求到这两个"孤儿院的"头上。

"进去看看。"

张甲说。

"不去。"

除了张甲张乙，张丙谁也不想搭理。

张甲揿亮电筒进了草棚。

"救命！"

牛粪窖里的卷毛儿哭求。

张甲把窖里的搅屎棍移到卷毛儿身边，又放下去一个尿桶，什么也没有说就走出来。

卷毛儿的瘪三样在农场本来就有些名气，这回吃屎，更是名声大噪，走到哪里都有人问：你就是那个吃屎的？人们永远觉得他一身的尿臊屎臭没有洗干净。

甘新华和潘伢儿一直小心地防备着卷毛儿的报复，一直没有等到。相反，卷毛儿只要一见到他们两个，就立刻低了头，像条打断了脊骨的狗一样靠边溜走。他们终于放心：没想到一向神气活现的卷毛儿是这么个尿货。

没着没落的卷毛儿，只好放下身段，混到那几个"孤儿院的"中间来。

四

事发之前不是没有一点眉眼，只是张甲张丙没有在意。

听到队长吴毛俚敲钟，张甲每次都是第一个爬起来，把张丙从梦里扯下床，就去拍张乙的窗子。

棉花地最忙的时候，吴毛俚差不多一过三更就起来敲钟，连他老婆都咒他不得好死，这帮城里下放的就更是要在床上赖半天。张甲一敲窗子，张乙同屋的女伢儿也一样咒他。只有张乙像老鼠一样悄没声息地起床，悄没声息地出门，跟着张甲张丙下地。

这次，一直到所有的女伢儿都出了门，还没有见到张乙。张甲急了，只好硬着头皮问张乙同屋的女伢儿，只有一个人回答：我们是给你看着张乙的？

所有劳力都下了地，大家发现，卷毛儿也不见了。

张甲一屁股跌在地上。

卷毛儿这一向就在极力讨好他们，晓得他们也想上庐山，说他从小跟外婆长大，外婆现在随舅舅一家住在庐山牯岭街上，他们要是愿意，他可以带他们上山。

张甲当时说，等年底决分，有了现钱，我会带张乙张丙去。

年底决分能拿到现钱的就只有张甲，他现在拿的是壮劳力的八分底分了，除去饭钱，多少有些盈余。

"不消啊。"

卷毛儿说：

"我们可以搭场里的便船过江，到对面县城找便车到庐山脚下，爬山上去。上了山，就在我外婆家吃住，不要钱。"

"真的？"

张乙很兴奋。

"哼!"

张丙白了张乙一眼。

张甲说:

"谢谢,我们不占人便宜。"

卷毛儿大大咧咧:

"没——关——系,大家都是朋友,这算什么。"

"朋友归朋友,亲兄弟明算账。"

张甲说着,从卷毛儿身边拉走了张乙。心里明白:什么"亲兄弟",这只骚鸡公打的就只是张乙的主意。

卷毛儿在后面嘟起嘴,吹了一声口哨。

就没有想到,卷毛儿说风就真下雨了;更没有想到,一向胆小如鼠的社抱会这么糊涂!

坐在地上的张甲一下跳起,抓住张丙:

"我们去追!"

跑到农场码头,船队的人说,是看到卷毛儿带了张乙坐场部食堂的采购船过江了。张甲"呀呀"跳脚,握紧拳头猛捶胸口,倒在船头上,抱着头滚来滚去。

张丙半张着嘴,呆呆看着江对面远远的庐山。

摇橹的船老大问:

"是卷毛儿拐跑张乙?以为他们打连呢。早晓得,就把他们拦下了。"

场部就在二队地面。大家都是熟人。

船到对岸,等了半天,总算爬上一辆在县城街上不得不减速的货车。午后,快到庐山脚下,被停车加油的司机发现,赶下了车。问上山的路,还在二三十里开外。张甲张丙终于爬到庐山牯岭街的时候,已经是下半夜了。街上空无一人,两边都是店铺,门板都关着。高高低低的石板路两边，有许多上山的岔道，通往在山坡树林里堆得密密麻麻的房子。也不知道卷毛儿外婆家该从哪条岔道上去。

庐山本来就是避暑的地方，山上的夜风大得吓人，气温跟山下差了一个季节。两个人就那样短衣短裤地跑上来，先是牙齿"咯咯"响，后是浑身像筛糠，再后来不响也不抖了，手脚发硬。

张甲说，不行，要跑动。

三九寒冬，社会福利院就让大家绕着操场跑动暖身子。

幸好这阵跑动，吵醒了在附近房子里打瞌睡的联防队。两个人被带到一间灯光通明的屋子。

省城，社会福利院，江洲农场，女同学，卷毛儿……

张甲结结巴巴，回回转转，把联防队搞烦了，指着张丙：

"换个人，你说！"

张丙平时没有话，一旦开口，头头是道：他们早先在哪里，现在在哪里，今天为什么上山。

"就是说，要找卷毛儿？"

"不只是找他，找他是为了找回我们的女同学张社抱。"

"晓得了。"

联防队员脸色缓和下来：

"你们就在这里坐着。找人的事天亮再说。"

"不行！现在就要找到。"

张甲颈子一拧。

"你跟哪个说话？"

联防队员笑道。

"跟你。"

"为什么？"

"卷毛儿会糟蹋张社抱。"

"你们跟张社抱只是同学，对不对？那卷毛儿跟张社抱是什么关系？你们晓得吗？"

"没有关系。"

"没有关系他们怎么就一路上山了？"

"卷毛儿骗了她。"

"我凭什么相信你们？我们不能凭你们的一面之词就去惊动群众。你们安心坐着。眼见得天就亮了。再说，人家要做什么事，早都做几回了。"

联防队几个人看着两个瘦骨伶仃几乎还是伢儿的人，觉得又好笑又可怜。天刚见亮，联防队出去了两个人。再进门时，身后跟着卷毛儿，还有张乙：

"是不是他们？"

坐在长椅上的张甲张丙完全憨了，睁大眼睛一动不动。

"你们两个什么时候来的？请你们一块来，你们不来，怎么又自己跑来了？"

卷毛儿嬉皮笑脸。

张甲从椅子上蹦起来，一头向卷毛儿撞去。

卷毛儿连连后退了几步，脚后跟被门槛绊了一下，仰面倒在门外，后脑壳磕在石板上，立刻就流出一摊血。

张甲跳到门外，骑到卷毛儿身上，往死里卡他的脖子。

张乙吓得"哇"一声大哭：

"莫怪他！莫打了！"

几个联防队员一齐扑过去，扯起张甲。

张甲号叫着在好几条铁钳一样的手臂中挣扎。

张乙哀求：

"莫打了！我跟你们回去。"

五

张甲没有等到过犁地、装车关的那一天。

春天，从县里来了一个血防组，在农场到处张贴布告，上面是一首《三字经》：

> 血吸虫，害人精。
> 男不长，女不生。
> ……

同时开展血吸虫病普查。

张甲头一批就进了血吸虫病患者名单。

江洲是血吸虫病疫区，为了预防血吸虫病，农场早就由水田改为了旱地。但像裤脚套这样的低洼地方，照旧是疫水长流。新职工下来的时候，场里是交代过这种地方决不能下水的，但张甲为了抓蛤蟆，只当耳边风。

去年收的棉花已经上交了，上半年各队的仓库是空的，就用来做病房。地上铺一层牛吃的干草，各人再铺上自己的被褥，面对面两排通铺，中间留条走道给医务人员。

按疗程，先对患者做常规检查。张甲在二队仓库只住了一个礼拜。常规检查的结果，让县里来的医生摇头：这个人的五脏六腑就没有一处正常的，最严重的是肝肿大，已经有了腹水。在场里是治不了的，不然血吸虫没有杀死，先送了小命。只能转去县医院。

其他分场也有几个人跟张甲情况相似，场里派了专人送医。正是农忙，其他人不让请假。张乙和张丙最多只能送到码头。

张乙一路哭，张丙很不高兴：

"哭什么？又不是送丧。"

张甲对张丙说：

"我不在，你要照护好社抱。"

张丙点点头，说不出话。他的眼睛也红了。

张甲想起什么，又说：

"钱收好了？"

头夜里，张甲把年前决分分到手的几十块现钱交给了张丙，让他今年上半年找个合适的时候带张乙上一回庐山。

"她不是去过了吗？"

张丙说。

"那回白去了。我们第二天一早让她下山了。"

"白去了？！"

张丙咕哝一声，把没有说出的话吞了回去。

"我说话你听见了吗？"

看张丙不作声，张甲又叮了一句。

"听见了。放心。"

张丙一肚子不情愿。

如果不算张乙那回跟着卷毛儿上庐山，这是他们三个人从省城到农场后头一次分开。当时三个人谁也没有想到，张甲这一次就是永别。事后想起，张丙责怪张乙的那句话万万不该说！

张甲一个月后死在县医院。医院打电话到农场，问有没有家属来处理后事。场里为了节约开支，请医院代为火化，他们让去县里出差的人事干部蒋忠诚顺便带回了骨灰，交给了张乙张丙。蒋忠诚说，张甲死的样子很惨：一副骨头架子，肚子鼓得像个大气泡。

张丙虚胖的脸松松垮垮，半张着嘴巴，目光呆滞，麻木地听着。张乙自己不敢说话，在后面扯张丙的衣角，希望他跟蒋忠诚提点要求，至少对张甲有个说法：他们是孤儿，没有娘老子，场里就是他们的家。

张丙没有反应。他把张甲的骨灰罐抱到洲尾的防浪林。这一带埋了许多江水回流冲上来的无名尸首，洲上人谁埋一个可以去场部管民政的干部那里领到一笔小钱。

找到最粗壮的一棵柳树，张丙在树下挖了个深坑，把张甲的骨灰罐放下去，堆了一个小坟。铲去一块树皮，一刀一刀地刻上张甲的名字：

张社保

一切停当了，张丙从身上摸出一个小包交给跟在身边的张乙：

"这是社保留给你上庐山的钱。上回我们坏了你的事，我现在代社保说一声对不起。"

张乙受了惊吓一样脸色煞白：

"我那次跟卷毛儿上山，一直跟他外婆在一起。他外婆对他管得紧，他对我小心客气。我跟他真的没出事。我就是想上一回庐山。走前没有告诉你们，是晓得你们不会同意。社宝哥你一定要原谅我。社保哥走了，你不要离开我！社宝哥，你不要恨我！"

张乙越说越没了声音。

"我没有恨你。"

张丙不看她，越走越快。

六

卷毛儿的老子退休，可以有一个子女顶替进工厂。卷毛儿去了，带走了张乙。他老子说，先进城，就业的事慢慢解决。那时候她已经跟卷毛儿成家了。卷毛儿外婆那次在庐山一见张乙就喜欢得不得了，说她旺夫，卷毛儿娶了她，一定浪子回头。成了家的卷毛儿除了头毛照旧是卷的，也的确正儿八经像个男人了。

女大十八变。张乙不知不觉出落成了个花红柳绿的俏妹子。她一直等着张丙开口，但在张丙心里，她单独跟卷毛儿上庐山过了一夜那道坎就是过不去。张甲在场里，三个人还继续搭伙；张甲去了县医院，张丙跟张乙就几乎不来往了。

新职工先先后后差不多都回城了，张丙无家可回，也不知道离开了江洲能做什么。他现在是二队三四个拿满分的劳力之一，新职工里独一个。吴毛俚说的扛包、犁地、装车三大关，他不惊不乍就过来了，老职工个个叫绝。没事他就去洲尾看张甲。那个小坟堆第二年就被汛期上岸的江水荡平了，但刻在树上的名字总在。

无影无踪

一

城里来的新职工安顿好快一个月了，有个叫徐晚园的还没有到。原因是他刚刑满释放，有些杂七杂八的事要办。

徐晚园生在大户人家，随便拿出一件摆设，都能卖大价钱。市师专的国文系主任是他老子的至交，看了他写的诗，真心说：放进唐诗，差可乱真。他听罢拿回诗稿，丢进火盆烧了。国文系主任不解，他说：如果跟别人一样，留着还有什么用？

多年后，富贵人家都已败落，"书香门第"也不算是什么好话了。热血青年都争先恐后背叛家庭，再不会张扬曾经的风雅。

徐晚园是另类。

高三那年，学校组织春游，徐晚园背着一堆书去了城外的秀峰，学《聊斋志异》里的书生，一个人住在废弃的庙里。饿了吃带来的糕饼，渴了喝山上的泉水。当地人笑：这个憨包后生，不晓得搭错了哪根筋，不在城里享福，跑到荒山野岭受苦。

徐晚园其实一点也不苦。上初三的表妹卢春雨和同班同学孙媛几天后寻到秀峰陪他。孙媛是卢春雨的小姐妹，卢春雨到哪她跟到哪。

即便快入夏，山上夜晚还是寒气重。三个人挤在一床毯子下面，背爱情小说。半夜巡山的护林员听见动静，报了案。

徐晚园被判刑。

七嘴八舌的流言里，徐晚园各种各样，相互对立：书呆子，二流子；风度翩翩，假模式儿；正人君子，花心萝卜；男人牙痒，女人心痒……

听的人不管男女，都很神往。

食堂就在坝脚下。那天下了早工，许多人蹲在食堂外面喝粥，徐晚园突然就出现了：

煞白的脸，鬓角和腮边刮得铁青，浓眉，眼睛黑亮。米色的长风衣迎风敞开，老牛皮箱在早上的阳光下闪闪发亮。前些时省里一个歌舞团来江洲慰问演出，走在坝上的一长溜男男女女就是这个派头。

说他是刚放出来的犯人，打死也没人相信。

徐晚园是一早从城里坐班船来的。头天已经有人通知了场部，场部通知了三队。宿舍里给徐晚园留了一张床，他在床边静默了一会，反身去找队长：

"我想有一间单独的屋子。"

队长朱癞痢一听就毛了：

"你还讲特殊？犯法有功了？"

"就因为判过刑，一个人住比较好。"

"说得也是。你是流氓犯，莫带坏了别人。要不，去牛栏？"

朱癫痫本是拿话堵徐晚园的，没想到他说：

"可以的。"

叫名"牛栏"，其实分三截：一截是牛栏；中间堆草料；后面一截是个杂物间，放铡草刀、牛轭头之类。好像是等着徐晚园似的，靠墙码着一堆砌牛栏没有用完的土坯，门板的铰链早朽烂了，倒在地上。

朱癫痫准了徐晚园一天假，让他自己弄房子。

造新职工宿舍留下的石灰池还在，把里面的灰浆稀释，粉白了墙壁。长满青苔的地上，铺一层石灰渣。土坯墙上等距离钉一排木楔，挂起牛轭头。墙脚，用土坯码了一个地台，端端正正地放上铡草刀，像是办农具展。剩下的土坯，码了床脚、书案、盥洗台。门板在水塘里擦洗出了木纹，做了床板。用喂牛的干草扎了门，不用可以卷起。先前丢在屋角的一盏马灯里外擦得透明，悬在屋子中间。屋角的盥洗台上，竹签悬挂的毛巾下面，脸盆、牙刷、漱口缸、肥皂盒，依次排列。肥皂盒子打开，肥皂的气味暗中发散。

那段时间，陈志跟条子正在画宣传画，写大标语。两个路过三队牛栏，在徐晚园的门帘外站住，犹豫再三，忍不住掀起了草门。

"啊，这是美学！"

条子惊叹。

陈志也眼一亮：

"没有他，你会觉得身边的所有都本该是那种样子。他一来，你就觉得哪里都不对头了。"

二

徐晚园第一天下棉花地，白衬衫，蓝裤子，回力鞋。站在地头的朱癞痢上下打量他：

"你这一身从头到脚搞得光滑了，是来下地还是来相亲啊？"

徐晚园不回答，紧了紧颈上的白毛巾。

"看你这个先生样，去仓库，跟老巴嫂坐一堆吧。"

几个上年纪的女劳力坐在生产队仓库门口搓草索，预备秋后捆棉花槁子。

见到徐晚园，一个口快的老巴嫂说：

"你还会搓草索？一边坐着吧，哈哈哈。"

其他几个老巴嫂跟刚下了蛋的母鸡一样"叽叽咯咯"地大笑起来。

徐晚园脸上出现很难得的微笑，提过一大捆干草，在不远不近的地方，盘起腿，坐下来。不大一会，他身边的草索就摞成了一堆，根根匀称结实得像老巴嫂纳鞋底的麻绳。

几个老巴嫂看怪物似的看着徐晚园，不住嘴地"啧啧啧啧"：

"朱癞痢小看你了！"

二天，朱癞痢通知徐晚园，跟男劳力一块下棉花地。

上午的农活是铲沟。刚过去的汛期，劳力都在坝上，棉花地的垄沟都长满了草。

"按件计工，铲一条算一条。"

朱癞痢交代。

徐晚园抓着铁锹，跟在别人后面，走到一条沟头，弯下腰。

中午朱癞痢吹了收工哨子，一条沟一条沟查质量，查到徐晚园那条，问：

"这是你铲的？"

"是。"

别人都大汗淋漓，徐晚园只是解开了颈上的白毛巾。

"这一条，还有这一条，也是？"

"是。"

"过来过来，都过来！"

朱癫痫大声吆喝走出棉花地的人：

"都来看看！"

大家以为朱癫痫喊他们来看新职工的洋相。新职工下来的这个把月他们尽看这种洋相了。但这回，一个个眼睛直了。

一上午，队上最强的劳力最多铲了两条垄沟，徐晚园一个人铲了四条。一条一条的垄沟，不只草铲得干净，沟沿缺了的补平，松了的拍实，低了的垫高，高了的削平，条条都有棱有角，横平竖直，跟模子里倒出来的一样。

"真是你铲的？"

朱癫痫疑疑惑惑。

徐晚园把铁锹扛到肩上，往回走。

朱癫痫大开眼界只是刚刚开始。

按场部规定，城里下来的新职工，男劳力日工分跟老职工女劳力的平均分持平，这是为了确保他们的基本收入。遇到计件的农活，他们达不到计件标准，也以这个日工分保底。但这个优惠政策对徐晚园很不公平——不计件的农活他就只能拿女劳力的平均工分。

好在洲上地多人少，农活总是忙不过来，总要计件，大家总要拼命。这就让徐晚园得了实惠。他几乎熟练所有的农活，锄草、拔棉槁、捆棉槁，他一个顶三个，而且质量绝对没得挑剔。只要是按件计工，他每天可以得到三个最强男劳力的工分。

冬耕。朱癫痫一手牵着牛绳，一手把着犁尾，口里哈着热气，神气活现地喊：

"犯法的！"

徐晚园就在附近，弯着腰，跟一帮老巴嫂捡地上的残棉。听到朱癫痫喊，直起腰。

"要不要尝下味道？"

朱癫痫显摆。能使牛出沟的都是队上工分最高的劳力。

徐晚园不说要，也不说不要，走过去，从朱癫痫手上接过牛绳和犁尾。

拔光了棉槁的棉花地落满了霜，白茫茫一片，十几万亩棉花地一坦平阳，成排的杨树标识出纵横的机耕道。

天高地阔，徐晚园轻轻地嘘了口气，一抖牛绳。

一条沟，从头到尾差不多两里地。徐晚园稳稳当当地扶着犁尾，稳稳当当地踩着新翻出的泥土，不时轻轻地吁一声，抖一下牛绳。

朱癫痫一直跟在后面，随时准备出手抢救意外事故。之前有一回，队上最老的把式出沟，早饭多喝了几口烧酒，不住口地吆三喝四，把牛搞火了，拖了犁满地疯跑，差点出人命。

徐晚园和他手下的牛和犁，不急不慢，优哉游哉，终于到了一条沟的尽头。回身看那条新出的沟，跟尺画的一样。莫说三队，就是全江洲也找不出几个这样的行家里手。

"出鬼了！"

朱癫痫一向没有服过人，更不可能服一个新职工。这回服了。

三

徐晚园早上、中午收工回来，脱下上工穿的衣服，洗手洗脸，换一身干净衣服，再去食堂打饭，打了饭就回自己的杂物间，吃过饭接着上工。晚上收工，先去江湾游几个来回，再去食堂把饭端进杂物间，放下草门，就不再出来。

那扇草门很神秘。没有锁，也没有人随便进。徐晚园好像还在刑期，整天跟个影子一样不声不响，不打搅任何人，你想开口没有话头，想走近没有理由。

有一次给黄场长叫住：

徐晚园你为什么老躲着大家？我给你讲两条：一条，出身不由己，道路可选择；二条，犯了法改过自新就好。

徐晚园全身挺直，双脚并拢，头微微低着，洗耳恭听。

黄场长引经据典，口若悬河。徐晚园的毕恭毕敬给了他极大的自豪感。他因此对徐晚园有了几分怜悯，怜悯他的胆小，刑期那几年给管教吓怕了。

上级来了文件，抓阶级教育。其中有一条，对剥削阶级子女要给出路，确实表现好的树立典型，体现政策。场部开会研究，徐晚园因为表现特别惹眼成为头一人选。

下早工的时候，朱癫痫跟徐晚园说，上午你莫出工，就在屋里等着，场部有人找你说话。

徐晚园没有想到，跟黄场长一起来的是孙媛。

"徐晚园，还记得我吗？"

孙媛老远就喊，又转脸对黄场长说：

"我们同过学。"

"我晓得。"

黄场长点头。

徐晚园没有说"记得"，也没有说"不记得"。

孙媛并不尴尬：

"上午的安排是这样的：让你谈谈来江洲重新做人这一段的感受。已经跟你们朱队长讲好了，工分照记。"

孙媛是总场政工组干部，徐晚园来江洲后在远处看到过她。早已是路人。不料她居然找上门来了。五六年前秀峰的那个夜晚，好像从不存在。

学校春游前的寒假，一帮同学蹬自行车来过秀峰，在观音桥合影，徐晚园指着远处绝壁飞流直下的瀑布，说一千年前李白就想过在这里修道成仙，说不定哪天他也会来。当时紧挨在他身边的是孙媛和卢春雨。

不去春游跑到秀峰破庙读书的第二天傍晚，两个女孩破门而入。

孙媛"哇哇"叫：

"我猜你就是来了这里。今天再见不到你，卢春雨就疯了！"

"你胡说！"

卢春雨脸羞得通红。

徐晚园说：

"我在这里好好的，你们都看到了。一会你们就坐班车回去。"

孙媛赖赖的：

"不行，来都来了，我们就在这里过夜，陪你读一晚上小说，爱情的。"

黑暗中卢春雨轻轻捏了捏徐晚园的手心。她想留下。

起先是两个女孩躺在铺上，盖着徐晚园带来的线毯，他坐在亮着微弱油灯的香案下，双手抱着膝盖，轻轻背诵：

　　在说话的时候，我欣赏着她的黑眼睛，是多么惬意呀！那动人的双唇和鲜艳快活的面颊是怎样吸引我整个的灵魂啊！我完全沉浸在她的言谈所蕴含的崇高精神之中了。我有多次竟没有听见她倾吐心声的话语！

卢春雨跟着呢喃：

　　这一切你是想象得到的，因为你了解我。简短地说，当马车停在会场门前，我走下车时简直就像是在做梦，我完全迷失在暮色苍茫的世界里了，连从灯火辉煌的大厅里对着我们演奏的音乐都没有听见。

"《少年维特之烦恼》！"
孙媛大声叹气：
"太浪漫啦！"
卢春雨：

　　离开她时，我请求她允许我当天再见她一面，她答应了我，我也就走了。从那个时候起，尽管日月星辰照常安安静静地升起和降落，但我却既感觉不到白天，也感觉不到夜晚了，我把整个世界都抛到了脑后。

徐晚园：

"我的朋友，"我高声说，"人毕竟是人，当热情膨胀到极点，人性的界限被冲破时，一个人可能具有的那一点点理智，也就不大管用了，或者说根本不起作用了。再说……下次再谈吧。"我一边说，一边拿起帽子。

"等会拿帽子！"
孙媛突然说：
"徐晚园你也到铺上来。要不太别扭了。怕什么，又没人看见，就是看见也无所谓，我们又没干坏事。"
"对。"
卢春雨往里让了让，拍拍铺沿。
徐晚园刚躺下，孙媛又喊：
"不行，不公平。徐晚园应该在中间。"
卢春雨坐起，让徐晚园挪到中间。他立刻就感到了孙媛发烫的大腿。
让无可让。徐晚园只有接着背诵：

凡是使人幸福的事，又会成为不幸的源泉，难道必定如此吗？

卢春雨：

我的心才是我唯一的骄傲。只有我的心才是一切力量、一切幸福和一切痛苦的源泉。啊，凡是我知道的，人人都能知道——只有我的心，为我独有。

山野寂静的夜晚，几颗年轻的心怦然跳动。

陡然间响起了乒乒乓乓的敲门声，咋咋呼呼的叫喊声，手电筒的光柱乱晃。

护林员夜晚巡山听到破庙里的动静，报了案。

涉事的三个人，分别审问。结果是徐晚园判刑三年，卢春雨开除学籍，孙媛哭喊自己是无辜的，事先毫不知情，事中拼命抗拒了徐晚园的非礼。

徐晚园始终没有认罪，不服判决上诉，二审加刑两年。因为服刑期间表现不错，受到宽大，提前一年释放。

提前释放人员会有一个感恩会。

别人早坐好了。徐晚园最后一个出来。薄羊毛咖啡色格子围巾，先横折至一掌宽，再一个对折，绕到颈上，把对折的那一头插进对折的这一头。腰板笔直，裤子的缝像刀刃，旧皮鞋擦得锃亮。干干净净，清清爽爽。

宣读宽大名单的时候，所有念到名字的人，都电击了一样"腾"地跳起，号啕大哭，声嘶力竭地喊口号，只有徐晚园正襟危坐，纹丝不动。

管教问：

"徐晚园来了没有？哪个是徐晚园？"

喊一遍，底下没有反应。又喊一遍，底下仍然没有反应。

几乎所有人都在哭喊，管教也就断定，那个正襟危坐、纹丝不动的就是"徐晚园"。

"你留下。"

其他人往外走的时候，管教对徐晚园说。

"徐晚园？"

"是。"

"为什么没有任何表示？"

"表示什么？"

"感恩呀。"

"感恩什么？"

"感恩对你宽大呀。"

"我被判了刑，但我没有犯过罪。"

下面一句他没有说出：

"一个无罪的人不需要宽大。"

管教张口结舌。他们的职责是监管犯人，不管问罪。

徐晚园回家，城里正在清理闲散人口，居委会把他补进了不久才去江洲的那一批。一个曾经特崇拜他的高中同学告诉他：几年前涉案的两个女生，孙媛考上了大学，现在是国家干部；卢春雨终于答应了一直追她的小学同学，军婚，去了外地。

日子像书一样已经翻页。

"请问政府让我做什么？"

徐晚园不看孙媛，他"请问"的"政府"是黄场长。

"我已经被释放了。"

"你想哪去了！"

孙媛一推徐晚园的肩：

"场里要树你典型！"

等着徐晚园受宠若惊的孙媛听到的是一句冷冰冰的回答：

"对不起，我不懂。"

肺有结核的黄场长用力咳了一下多痰的喉咙，郑重说：

"是这样，根据你这一段时间的表现，场里决定宣传你，给其他剥削阶级子女做一个榜样。"

"谢谢。我不合适。"

徐晚园说着，走出杂物间。

"哎，你怎么走了？"

孙媛大喊：

"回来！"

徐晚园没有回头。

"卢春雨离婚了。"

孙媛又喊。

徐晚园站住，但只是不易觉察的刹那停顿。

"有什么话你只管说，徐晚园！你的情况场里已经上报了，你这样会让我们很被动！"

黄场长嘶哑着嗓子说。

徐晚园走远了。

棉花地正在歇坡。朱癫痫见到徐晚园，很奇怪：

"就说完了？"

"说完了。"

徐晚园几乎不主动跟人说话，只有朱癫痫例外。这些时一歇坡朱癫痫就坐到徐晚园身边。

朱癫痫说：

"在我们洲上，老徐你这叫狗坐轿子不识抬举。"

朱癫痫再不叫徐晚园"犯法的"，改叫了"老徐"。

徐晚园专心卷烟。烟丝和裁得四方四正的小纸片，装在一只小铁盒里，随身带着。他卷的烟，跟买的香烟一个样。

"只怕由不得你的。"

朱癫痫又说。

徐晚园把卷好的烟递过去。

朱癫痫的担忧马上就兑现了。中午收工前黄场长就派人把他找到场部，特地叮嘱：

"你回去告诉徐晚园，明天上午让他还在屋里等着，省里有记者来采访，必须配合。我不管他是谦虚，还是作翘，这是严肃的政治任务，不是开玩笑的。必须给我完成。"

四

二天上午，一大帮人目瞪口呆。

来了不到半年的徐晚园突然消失，消失得无影无踪，疤子不见烟。

那个杂物间，一切还原：

土坯又跟之前一样码着；牛轭头和铡草刀又跟之前一样胡乱堆在地上；草扎的门不见了，朽烂了铰链的门板又跟之前一样靠回了门后。徐晚园自己连一根头发也没有留下。除了地上的杂草还来不及长出来，多了一层石灰渣，土坯墙刷白了，杂物间跟他进来前没有两样。

这个最后到的新职工最先走了，好像根本就没有来过。

场部公安特派员"神探"老叶碰到了这辈子唯一的一件蹊跷案子：码头车站，没有人见过徐晚园的活人；沿江搜寻，没有人找到徐晚园的尸身。

江洲是个出奇人的地方，但别的奇，并不出常理。徐晚园的奇，让人摸不着头脑。

徐晚园于是成了江洲的一个传说。

最触动陈志的是徐晚园的独特：活得四六不靠。不迁就自己，也不迁就别人。

条子自愧不如的是徐晚园的傲：我是傲在脸上，徐晚园傲在骨子里。

朱癫痫服的是徐晚园的本事：

"只要不死，只要可以凭本事活命，老徐会活得比我们哪个都好。绝对的！"

西风暴

一

在所有舞台表演形式中，最让人提心吊胆的就是聂宏亮这种类型的诗朗诵。

好端端的一个人，该笑笑，该哭哭，该骂骂，该动拳头动拳头，该吃吃，该喝喝，该睡睡，该放臭屁放臭屁，一到台上或是人堆前面，立刻就变了个人，全身僵直，棍子一样戳在地上，头微微侧向一边，微微抬起成一个仰角，眼睛跟谁有仇似的狠巴巴盯着空空荡荡的半空，半天一动不动。大家以为他没有了呼吸，变成了石膏像，却忽然跟被人踩了脚鸡眼一样一声尖叫：

啊——

吓得大家一跳，以为断气。

那声音却又由高处渐渐落下，又突然提高：

骏马
在平地上如飞地奔走……

"走"字字音拖得很长，尖锐地颤抖，小节奏、高频率，跟刚下蛋的母鸡打咯一个样，听得人直起鸡皮疙瘩。反应更强烈的人，完全就是心惊肉跳，赶紧站起来，走得远远的，拉尿，一直拉到听不见鸡打咯才回来。

徐晚园失踪，让黄场长很坐蜡，无法向场部和上级交代。聂宏亮大约是看到了机会，有了不安分的想法，在城里过完年回到洲上，忽然玩起了诗朗诵的花样。

果然立刻就引起了黄场长的注意。队上开会，地里歇坡，夜校上课，都要让聂宏亮朗诵做过场。就是各人回了宿舍，也要求聂宏亮随时抓住机会就朗诵，说这是思想教育的好形式。

二、三队城里下来的新职工宿舍一长排平房，几十号人，是重要的思想教育阵地。

聂宏亮正巴不得。他的朗诵欲随时都会膨胀，随时都想一展风采，随时都可以母鸡打咯一样让人直起鸡皮疙瘩。有黄场长的"思想教育"撑腰，他走进那扇门都理直气壮。害得大家一见他的影子就赶紧关门，躲他如躲瘟神。

但是，门板太薄，还尽是裂缝，关得住人，关不住声音。聂宏亮中气十足地在外面走廊上，这头走到那头，那头走到这头，手舞足蹈，来来回回长一声短一声地打鸡咯，就像锯子锯脑壳。

……
那么，同志们！
让我们
以百倍的勇气和毅力
向困难进军！
……

诗再好，也经不住这样没完没了鸡打咯样的尖叫。

不过，人们并不是个个都把聂宏亮当瘟神，在三队的黄瘦菊心里，聂宏亮是爱神。

事实上，新职工中的这帮应届毕业的高初中生中，聂宏亮是最有知识分子范的，说话文质彬彬，举手抬脚有姿有势，头发遮着眼睛，不时往后一甩。论派头，要不是之后来了徐晚园，他就是这帮人的头一号。

黄瘦菊的父亲先前在省城的大机关工作，不知为什么成了街道工厂的会计。家里旧书多，黄瘦菊说父亲最喜欢李清照，又最喜欢李清照的"人比黄花瘦"。有了她，自然就成了李清照和李清照的"人比黄花瘦"的寄托。

每年立秋前大半个月，每天午后都会有个西风暴，农民说是"二十四个风暴打到秋"。这种西风暴在田野上看得特别真切：

先是西边天上出现一大片金边闪闪的乌云，阴沉沉地向日头毒辣的天空扩大，越来越大，越来越黑，越来越低，很快就天地陡暗。眼看着乌黑的云已经压到了头顶，队长一声发喊，棉花地的人都屁滚尿流往屋场跑。聂宏亮腿短，落在最后，偶然回头，看见还有一个人在后面，是黄瘦菊。眼见得蚕豆大的雨点劈头砸下来了，他跑回去，拉起她的手就钻进了地头临时放农具的小草棚。

外面突然变成了黑夜，风声雨声好像要把这个沙洲活吞了。

头一句话是黄瘦菊说的：

"我喜欢诗朗诵。"

"是吗？"

聂宏亮有些意外。他明白这句话的意思其实是"我喜欢你"。

"真的？"

"当然。"

伶牙俐齿的聂宏亮一时竟不知说什么好。

"我父亲也是诗人。"

聂宏亮嘟哝。

父亲是他那个小学的老师里写得最多也最好的，结果遭人嫉妒。有一次学校组织下乡支援农忙，也正是"二十四个风暴打到秋"的时节。遇上西风暴。父亲来了灵感，写了一首长诗，中间最得意的句子是"铺天盖地西风暴，摧枯拉朽不可挡"，形容声势浩大的建设高潮。恰恰是这一句，被同校的另一位诗人指出是"用心恶毒"：为什么是"西风暴"，不是东风暴？这不明摆是说西风压倒东风吗！

得亏校长是个老善人，向上级好说歹说保下他做了勤杂工。父亲后来反复叮嘱儿子记住这个深刻的人生教训，最好不要写诗，实在喜欢，就朗诵诗，而且要挑那些绝对保险的诗。

说这些的时候，聂宏亮泪汪汪的，下巴小节奏、高频率地颤抖。黄瘦菊听着听着就抽泣起来，一把抱住聂宏亮的腰。

在二、三队的新职工中，黄瘦菊不太惹眼，脸色黑黄，悄然无声，像只小猫，斯人独憔悴，偶尔听说过她有点神经质，有事没事老是"凄凄惨惨戚戚"地念念有词。头一次离得这么近，发现她挺耐看的：两只眼睛忽闪忽闪，小鼻子小嘴，挺精致，颈上看不到锁骨，小胸脯风情暗动。

"我想吻你。"

聂宏亮突然说。

黄瘦菊闭上眼睛，仰起脸。

草棚檐上的流水滴滴答答。西风暴说来就来，说停就停，来得快，去得快，来得猛烈，去得干净。外面重又是晴空万里，天地像被洗过了一遍。

出草棚的时候，两个人成了一个人，紧紧搂抱着，在垄沟的泥水里跌跌撞撞，难舍难分。

他们是全江洲所有新职工里最早结婚的一对。其他的许多男女虽然早把该做的都做了，但正儿八经办了法律手续成家立业的只有他们两个。

黄场长对他们的婚事大加赞扬，说这是私事，也是公事。城市青年在农场扎根，是一场革命。立刻就在宿舍里调整出一个单间，给他们安家。

小日子过得很甜蜜。夜晚，聂宏亮再不在走廊打鸡咯。两个人早早就关紧了房门。但宿舍的隔墙单薄，而且没有做到顶，隔墙里的动静，隔墙外听得一清二楚。早上起来，黄瘦菊容光焕发，鲜花怒放，小脸镜子一样发光；聂宏亮两眼半开半闭，眼圈墨黑，上工蔫头耷脑，呵欠连天。黄场长是过来人，晓得过一阵子就好了，很体谅，也不强求他朗诵。

画家条子有一次见到黄瘦菊独自一人，凑近说：

"谢谢你。"

黄瘦菊一愣：

"谢我什么？"

"为民除害。"

说完就扬长而去，留下黄瘦菊呆呆地在那里琢磨。

日子多了，隔墙里的声音渐渐丰富。又有了朗诵声，是男女二重朗诵。

聂宏亮：

> 轻轻的我走了，
> 正如我轻轻的来；
> 我轻轻的招手，
> 作别西天的云彩。
> ……

黄瘦菊：

> ……
> 你是一树一树的花开，是燕
> 在梁间呢喃——你是爱，是暖，
> 是希望；你是人间的四月天！

"没想到，他还留了一手！"

陈志由衷地说。他跟聂宏亮是一个学校来的。高中生聂宏亮从来不把他们几个初中生放在眼里。对人们给陈志起的"鸡屎分子"外号嗤之以鼻：什么"知识分子"，小屁孩一个！陈志对他也就一直敬而远之。

"啊，确实诱人，听得心下痒搓了。"

条子虽然不知道他们朗诵的是谁的诗，但对声音有很好的理解。

黄瘦菊说话本来就哆哆的，很适合这首诗的情调；聂宏亮用的是气声，磁性十足，一点没有鸡打咯的刺耳。

一帮人再见到两口子，刮目相看，再没有嘲笑。只遗憾这么好的事，他们为什么躲着做。

所有这些，黄场长都不知道。看看聂宏亮精神慢慢恢复，又请他朗诵。不只在队上，分场、总场开大会，也喊他去朗诵。把聂宏亮的朗诵当作自己的一个业绩。

二

聂宏亮的诗朗诵，给黄场长带来了新的希望。经过一段时间的考察，场部也最后同意了树聂宏亮为"可以教育好的子女"典型。还是让政工组孙媛负责，组织文字材料，邀请媒体采访，跟几个其他分场推出的典型一起，组成一个小型宣讲队，到各分场、各单位宣讲。县里来人了解，觉得效果不错，又让他们到全县各地巡回宣讲。

聂宏亮宣讲的是如何用诗朗诵配合思想教育工作，边讲边示范。每到一地，每讲一场，聂宏亮的朗诵，都是宣讲会的高潮。

群情振奋的极大感染力，让人们一下就沉浸其中。每次聂宏亮在热烈的掌声中走下讲台，孙媛都会兴奋得满脸通红地迎上去，伸手揽住聂宏亮的肩膀。几乎忘记自己是带队的，是聂宏亮的领导。

县城最后一场宣讲会圆满结束，晚上回到县招待所，孙嫒兴犹未尽，打电话把聂宏亮喊到自己房间，说：

"明天就要回场，这些日子你辛苦了，为场里争了光。我代表场里谢谢你。"

孙嫒眼睛亮亮地看着聂宏亮：

"告诉你，你别翘尾巴，县里在组建文工团，他们想要你呢。你有什么要求只管说，我明天去向场里汇报。"

房间逼仄，就一张桌子，一把椅子，一张床铺。

聂宏亮站也不是，坐也不是，讷讷了半天，一头大汗。

"随便点，干吗那么紧张？"

孙嫒把他往床铺上一推。

聂宏亮屁股一沾床铺就弹了起来。

孙嫒咯咯大笑。

聂宏亮不敢看她，却又不知该看哪里，恨不得找条地缝钻进去。

孙嫒安静下来：

"不闹了，说正经的。听说你朗诵徐志摩的诗很精彩，朗诵一个来听听。"

"你也听徐志摩？"

"我怎么就不可以听徐志摩？"

"那是小资啊！"

"我怎么就不可以小资？"

"你……"

"我什么？我不是人吗？"

"没想到。"

"没想到什么？没想到我是女人，是吗？"

"不，不是，你是干部。"

"干部怎么了？干部就没有人性？"

孙媛一步步向聂宏亮逼近。

后面就是床铺，聂宏亮根本就没有退路。

事后，聂宏亮记得最清楚的就是四个字：波涛汹涌。他在汹涌的波涛上颠簸一夜，间歇时孙媛就让他朗诵徐志摩的诗：

> ……我不知道风
>
> 是在哪一个方向吹
>
> ……我是在梦中，
>
> 在梦的轻波里依洄。

> 我不知道风
>
> 是在哪一个方向吹
>
> ……我是在梦中，
>
> 她的温存，我的迷醉。

> 我不知道风
>
> 是在哪一个方向吹
>
> ……我是在梦中，
>
> 甜美是梦里的光辉。
>
> ……

"小东西，还行！"

孙媛很陶醉，餍足地吧嗒嘴。

不知是夸他的朗诵，还是夸他的得力。

天亮前，聂宏亮一个激灵醒来，蒙眬中看着孙媛肆无忌惮横陈的身体，真像做了一场梦。窸窸窣窣地穿好衣服，小心俯到她耳边：

“沙扬娜拉。”

孙媛迷糊中噘起嘴回了个吻：

“滚吧。”

三

宣讲队在全县跑了一圈，像一块大石头丢进水塘，涟漪久久不息。聂宏亮不管走到哪里，都有人指指点点，说头牌戏子来了。洲上一只恶狗咬了牛屁股都要传得尽人皆知，一件稍微跑火的事，够大家说好多年，除非有更跑火的事出来。

而最难静下来的，是聂宏亮的内心。

从县里回到队上，头一个感觉是房门矮了一截。进去，又黑又小，一股霉味，所有物件都简陋寒酸得不得了。新房是跟黄瘦菊一块布置的，当时极是满意。饭桌、床沿、枕头，都铺上黄瘦菊做学生时拿钩针一针一针钩出的花方巾。这些现在都在老地方，给细心的黄瘦菊铺得平平整整。但就是怎么也看不出当初的雅致。夜里把黄瘦菊搂在怀里，像搂着一只捡来的小猫崽，摸到哪里都没有内容。黄瘦菊一身滚烫，他一点情绪也没有。黄瘦菊很体谅，说你在外面跑得太累了，好好歇几天吧。他从黄瘦菊颈下把手臂抽出，转过身就想起孙媛了，荷尔蒙腾地燃烧。

聂宏亮对结婚有了后悔的想法：太草率了，一场西风暴就把两个未必合适的人打成了夫妻，对自己也太不负责了。辗转失眠中他反复盘算对比两个女人的优劣：黄瘦菊有的学识、爱好、女人味，孙媛都有；孙媛有的出身、地位、性感，黄瘦菊都没有。孙媛的不足是年龄比他大，也就那么二三岁，比起她给自己带来的各种好处，根本算不了什么。

孙媛二十二三了，没见有正经对象，口味特别，平常喜欢接近的，都是别人的男人，都斯斯文文。有人说她变态，靠勾引别人的男人争强好胜。这样的变态做学生时就开始了，明明知道闺密跟表哥要好，偏偏插一脚。害得男的判刑，闺密的一辈子也毁了。

但聂宏亮不以为然。大凡出色的女人，谁免得了非议？莫说是传言，就是真的，也很正常。爱情都是自私的。"口味"就是品位，孙媛那样的"口味"只能说明她不俗。她跟徐晚园的故事被加油添醋得很不像话，其实那又有什么，有品位的女人谁不喜欢成熟优雅的男人？不管怎样，过了那一夜，他再也不能忍受没有孙媛的日子，再见面就向她求婚。他就要进县文工团了，那时也就是国家干部了。以她那天晚上的主动火热，这是顺理成章的事。跟黄瘦菊离婚，麻烦自然会有，但只要下了决心，谁能拦住？

对聂宏亮的花花肠子，黄瘦菊没有一点感觉，枕头边依旧缠着他朗诵诗。

聂宏亮把十指交缠的双手垫在脑后，看着屋顶的瓦片，一动不动。

黄瘦菊满是崇拜地看着丈夫，小嘴不断地触碰他：

"快嘛。我要。"

"烦死了！"

聂宏亮突然发作，"呼"地坐起。

黄瘦菊惊惶地看着他，不知所措。她是第一次看到向来斯斯文文的丈夫会这样凶神恶煞。

"怎么了？"

"我想一个人睡。"

黄瘦菊猛然扑到聂宏亮怀里，死抱住他：

"我做错什么了，你说，我改。"

"你没有错。我错了。"

聂宏亮僵尸一样仰面倒下，留下黄瘦菊独自在黑暗中抽泣。

莫名其妙的发作越来越频繁。黄瘦菊小心问他——快冬天了，要不要去趟对面的县城买些布料做棉衣？糖没有了，要不要让家里寄点来？……聂宏亮忽然就把手上的茶杯恶狠狠摔在地上：

"求求你别啰唆了，好不好？"

黄场长从副场长升为场长，蹲的点还挂着，但主要时间和精力都在忙全场的事，几乎没有来过二队。孙媛提拔为政工组组长，工作积极性很高，不断组织各种主题的宣讲活动。县文工团正式建立了，聂宏亮的调动迟迟没有下文。

> 我不知道风
> 是在哪一个方向吹
> ……我是在梦中，
> 她的负心，我的伤悲。

> 我不知道风
> 是在哪一个方向吹
> ……我是在梦中，
> 在梦的悲哀里心碎！

我不知道风
是在哪一个方向吹
……我是在梦中，
黯淡是梦里的光辉！

聂宏亮反反复复咀嚼着徐志摩失意的诗句。但他并不甘心。

总场场部就在二队的地面，聂宏亮一有机会就去走动。

也是一长排平房，走廊临着院子。从各间办公室的门窗都能看到院子的人来车往，鸡飞狗跳。政工组的办公室在中间，可以一百八十度扫视整个院子。聂宏亮每次都胆战心惊地等着"偶然"被孙媛撞见。但孙媛即便就在走廊上，已经跟他打照面了，却一脸漠然，匆匆忙忙地擦肩而过，好像压根就不认识他。最后一次，他心一横，直接走到她面前。

孙媛一脸严肃，问道：

"大白天你不在棉花地，老来这里转什么？"

聂宏亮像是劈头挨了一棍，天上白炽的日头突然变成了一个大黑点。

那天中午，黄瘦菊在食堂买了两个有肉腥的菜。之前，逢到有花荤，他们只买一个，黄瘦菊吃荤，聂宏亮吃素。这次黄瘦菊说：

"看你苦成一把筋了。今天奢侈一回，不省了。我们一人一份，放开吃。"

聂宏亮不答，不问，不看，埋头扒饭，夹菜，专挑荤的，不一会，两个菜碗就剩黄不溜秋的菜叶菜梗了。

黄瘦菊怔怔地看着反常的丈夫，一边泪水在眼睛里打转，一边赔着笑脸：

"你胃口这么好，我真高兴。"

"高兴！高兴个鬼！"

聂宏亮"噌"地站起，两只手抬起饭桌的下沿，往前一掀。

从对面板凳上仰面翻下去的黄瘦菊一声惨叫。另一边的桌沿正好压在她的腹部。

鲜血很快洇湿了臀部下的地面。

聂宏亮和黄瘦菊头胎也是最后一胎伢儿流产。之前她说的去对面县城买布料，是准备婴儿的小衣服；让家里寄糖，是准备坐月子。

四

知青大返城那年，最早结婚又最早离婚的两个人都回了省城。

在街道工厂当会计的父亲恢复了干部待遇。黄瘦菊参加当年恢复的高考，被大学录取。

小学给父亲平了反，随后退休。聂宏亮顶替父亲做了小学老师，黄瘦菊报考前他去找过她，试图复婚，未果。

人到中年，回头想想，真是"二十四个风暴打到秋"：黄瘦菊，宣讲队；孙媛，仿佛一场西风暴，说来就来，说停就停，来得快，去得快，来得猛烈，去得干净。

孙媛已调离江洲，依旧单身。洲上干部闲得无聊的时候把这做了一个话题，百思不得其解。有人忽然记起来，曾经看到她从不离身的笔记本里有次掉出一张照片，是一帮学生在一个风景区的合影，一个男生抬手指着远处，两个女生紧挨在他两边，孙媛是其中一个。那个男生很像徐晚园：

说不定孙媛一直在想着那个无影无踪的徐晚园。

发胡说！

众人哄笑而散。

珠 儿

一

　　珠儿浑身滚圆：眼睛、鼻子、嘴巴、腰和腿。就是缺心眼。在家里，油瓶子倒了都不扶。从小到大，衣来伸手饭来张口，连自己的手帕儿都没有洗过。睡着了像只猪，一夜都不翻身，只偶尔吧嗒嘴，早上醒来，口水湿了一枕头。醒着，就是笑闹，动不动就笑得蹲在地上，半天站不起来。读书好歹读到小学毕业，进了初中就怎么也读不下去了。老妈说，不想读就不读了，我珠儿不遭罪。

　　在家里荒了几年，居委会动员下乡，珠儿想也没想就答应了。老妈起先想拦，她说，人家都走了，我跟你混？你有什么好混？老妈说，也是，那你去。在她背后提起衣角抹眼泪。

珠儿是抱养的。两口子到了中年没有生育，吃药求医，烧香拜佛，什么也指望不上，到医院抱了个娘老子不想养的女伢儿。当时的珠儿一团肥嘟嘟的红肉巴，像个猪崽，一到他们手上就停了啼哭，睁眼咧嘴，不几久就成天是咯咯笑。两口子欢喜得不得了，本来都做清洁工的，为了珠儿，老妈辞了工，专心带伢儿。搂在怀里怕掉了，含在嘴里怕化了，从小到大，把个珠儿惯得没有一点话份，没规没矩，天王老子也管不了。两口子有求必应，百依百顺，只要是珠儿说的，就是对的，就是圣旨。

到了江洲，珠儿跟在城里一样，斗嘴，打闹，没羞没臊，哪个男人摸她一把屁股，她立刻抓他一把裤裆。

不过，也有禁忌。

有人撺掇：

"有种你抓一把郭猫儿的裤裆！"

珠儿朝那边瞟一眼，脸红了，骂道：去你妈的！

戴着一副酒瓶底一样厚的近视眼镜的郭猫儿是省城来的高中生。他们一块下来的几个同学还以为在学校里上课，上工下工都走一块，不跟别人搭壳。对珠儿这种居委会动员下来的男女，更是看不上眼，觉得他们都是社会上的二流子。新职工安顿好没有几天，大家就都知道，郭猫儿跟他一块下来的同班同学陈青是一对儿。

郭猫儿是全校有名的书呆子，有着大好前程。一进高三，老师就跟他打招呼，让他准备保送，到时候，全国的大学，他只管拣最喜欢的申报。从初中到高中，他的成绩一直排在全市学生的前几名。这样的高才生，每年全国重点高校来市里招生都是要抢的。但是高三毕业的那个暑假，已经拿到了大学录取通知的郭猫儿却让所有人目瞪口呆。

江洲农场到省城招工大获成功，一口气带回了两百多人。出发的那天，火车站人山人海，哭的，笑的，喊的，唱的，洋鼓洋号，铜锣铜钹，闹哄哄的吵翻了天。火车总算离开站台，出了城区，上了跨江大桥，忽然可以听见车轮在铁轨上滚动的"咣当咣当"的时候，几个下乡的高中生才忽然发现了郭猫儿。他正吃力地在过道的人堆中朝他们挤过来。不等人问，他就说：

"我跟你们一起去。"

"你疯了！"

陈青叫起来。

郭猫儿看着陈青，松了口气，好像放下了千斤重担，眼睛在厚厚的镜片后面闪闪发光。

跟陈青同座的女生站起来，把座位让给郭猫儿。郭猫儿也不客气，一屁股坐下去。

"你真是！"

陈青瞪了他一眼，往旁边让了让。她父亲是全市数学界八大金刚之一，前几年受了处分，留校观察。她自己是全校有数的学习尖子，不能高考，在市里哪所中学教书都不成问题。社会上在动员支援农业第一线，校长找陈青父亲谈话，希望他说服女儿报名下乡，这样对他的取消处分有直接好处。最多就去一两年，到时候学校会把这批下乡的学生接回来安排工作。谈话的时候，陈青就站在外面，推门说：不必说服，我报名。

郭猫儿那天刚拿到大学录取通知书，是全国排名第一的大学，正要去告诉陈青，忽然听到省电台播的下乡人员名单，念到了"陈青"。他跳起来去找陈青，不让她下乡。陈青说，为了父亲，她不能不下乡。他说，那我就跟你一起去。

"为什么？"

"爱情。"

"你看电影看傻了吧？你我什么时候有爱情了？"

郭猫儿是陈青父亲最得意的学生，他父母忙，老是顾不上回家做饭，一放学，郭猫儿就待在陈青家里，一块做作业，吃过晚饭才回去。郭猫儿比陈青大几个月，两人好得像兄妹，但从来没说过那是"爱情"。

"我不管。这辈子，你在哪里，我就在哪里。"

"你太自私了吧。想过你爸你妈的感受了吗？"

"放心。我做什么他们都高兴。"

郭猫儿说的是实话。他父母都上过战场，历经生死，对儿女的事很开通。

"在乡下锻炼两年，陈老师的处分也取消了，我们再一块报考同一所大学。"

郭猫儿的双眼在酒瓶底一样厚厚的镜片后面一片模糊，但一脸的憧憬格外明亮。

名单事先就到了农场。郭猫儿和陈青一个在二队，一个在三队。各队到场部领人的时候，郭猫儿一听就急了，说一定要跟陈青一个队。念名单的是场办梅主任，喜欢说笑话：

"赶快成家，就住一块了。"

全场哄笑。

好在两个队的新职工宿舍紧挨着，每天上工，他们省城一个学校来的人在宿舍前聚拢了，一块下地，到了各队的地头再分成两队。

郭猫儿每次都跟定了陈青，把她的锄头跟自己的锄头并在一块，扛到肩上，要分开了，再还给陈青，恋恋不舍。下工的时候，他一定跑到三队的地头，等到陈青，把她的锄头接过来，才一块往回走。

要是三队下工早，只要他发现了，就立刻向队长吴毛俚报告，说要先走一步。下来不久，大家就都晓得了郭猫儿是个憨包。郭猫儿来报告，从来不声不响的吴毛俚懒得抬头，鼻子唔一声，算是答应。

白天歇工时，陈青去坝外的水塘洗衣服，他从头到尾陪着，直到晾晒好。反正他就像个影子跟着陈青，到哪都是出双入对。

晚上，郭猫儿就在陈青屋里谈天说地，直到女生们开口赶他才起身，拉起陈青，走到江边，在江滩上的破木船上坐下，面对着在月光下的江流，对岸起伏的山影，畅想两年后他们一起高考，一起考上高校，一起选择专业，一起毕业，一起分到同一个城市和单位，一起……到必然会有的结婚成家那儿，陈青就说"好了好了"，让他打住。

在郭猫儿的深度近视眼里，全江洲只有一个陈青，没有别的女人。珠儿就是再没脑子，也不会拿这样死心眼的男人寻开心。

二

郭猫儿后来想，事情坏就坏在邀陈青去场部看篮球赛。

人很奇怪。像郭猫儿这样的，拿掉眼镜就是个瞎子，却偏偏喜欢体育。在学校里，只要是体育活动，他一样不肯落下。永远没有名次，永远都有劲头。到了江洲，除了场部有个篮球场，什么体育设施也没有。场部有几个青年干部也闷，到了周末就吵吵着通知场部七站八所和中小学老师里的爱好者，赛篮球。只要地里收工早，赶得上，哪怕是半场，郭猫儿都不放过。去了，没人肯让他上场，替补的资格也不给他。他只能老老实实当观众。又离不开陈青，每次都苦口婆心求她跟自己一起去。

去了几次，陈青好像对篮球也有了兴趣，再不用郭猫儿求了。郭猫儿一喊她，她马上就欣然跟上。到了场上，站到最前面一排，只盯着场农科所的大伟，盯着他又粗又长的腿，奔跑、跳跃、上篮，盯着他一来劲，把上身的背心兜头一扒，露出一身闪闪发亮的肌肉腱子。散场的时候，她磨磨蹭蹭地弄这弄那，直到场上的人走完了，已经走出好几步的郭猫儿回头喊了她好几遍，才迟迟站起。那一刻，她心里明白，她是不可救药地爱上那个北方男人了。

大伟是省农学院毕业分到江洲农场农科所的，高大，健壮，仪表堂堂，不该当农技员，应该演电影。他来江洲，好像就是专门来惹女伢儿，来害陈青神魂颠倒。白天黑夜，睁眼闭眼，面前都是大伟。陈青有时候都觉得自己要喘不过气来了。

郭猫儿却一直蒙在鼓里。每天快快活活细心体贴地围着陈青转。直到有一天，他在陈青床头的条桌上看到一张打开的信纸，上面只有一个字：

"喂。"

"给陈老师写信，你喊'喂'吗？"

郭猫儿从没有看过陈青给家里写的信，很好奇。

"我在家不是这么喊吗？"

陈青支吾，脸一红。

郭猫儿笑了：

"跟我一样。"

郭猫儿很快就笑不起来了。终于有一天，一吃过晚饭，陈青就没影了。谁也不知道她去了哪里。在她床上坐到她同屋的人要睡觉了，他就搬张板凳坐到门口，直等到上早工的钟响，才见到匆匆从坝头上跑下来的陈青，他浑身颤抖地迎上去，嘴巴张着，就是发不出声音。陈青往两边躲着他，实在躲不开了，说：

"你应该想得到，我恋爱了。"

"是谁？"

"你没有必要知道。"

"不!"

"你没有权利。"

"不!"

"你讲不讲理?"

"不!"

"你想怎样?"

"告诉我,为什么?"

陈青沉默了一会,一字一句说:

"我从没有爱过你,以后也不会爱你。我爸几乎把你当儿子,你把我当妹妹,好不好?"

郭猫儿低下头,忽然想起陈青床头桌上的那个字:"喂。"

忽然明白:那就是"伟"。

凡事都这样,不知底细的时候心最乱;一旦明白了,也就平静了。郭猫儿说:

"我知道了。"

从陈青身边走开,两只脚像灌了铅。

从这一天起,再没有了郭猫儿和陈青腻腻歪歪的出双入对。两个人,陈青有红是白,水色娇艳,栀子花一样绽放;郭猫儿像霜打的秋茄子,半死不活。

正是棉花和杂草一起疯长的日子,每天两头不见光,个个累得贼死,谁也没有闲心管别人的事。郭猫儿每天吃过夜饭,就去坝外江滩,坐在那条他跟陈青一回回畅想未来的破木船上发木。终有一天,坐累了,没有想头了,他站起来,把眼镜从鼻梁上摘下,随手摔掉,高一脚低一脚往江里走。

是长江的丰水期。汹涌的江水把江岸冲刷成笔陡悬崖,走过江滩,人就会直落下去。

“郭猫儿！”

黑暗中一个人突然扑到郭猫儿面前，头顶着他的胸口，死命往后推他。

那一场哭，直哭得昏天黑地，直哭得长江倒流。总算哭得没有气力了，才发现自己的头埋在两个小山包中间，就像一个被母亲搂着啼哭的婴儿。

那是珠儿的胸口。

后来的好多年，郭猫儿都改不了这个习惯：老是要抱紧珠儿的腰，把脸埋进她的胸口，随她像哄孩子一样揪着他的两只耳朵直摇晃，一遍遍地喊“呆子”“呆子”。

之前坐在破木船上发木的那些夜晚，珠儿一直就在后面的防浪林里看着他。只是他一直没有发觉。

三队的徐晚园消失后，他先前打理得清清爽爽的牛栏杂物间，做了郭猫儿和珠儿的新房。

珠儿一下子变了个人，居家过日子的本事不晓得从哪里忽然就冒了出来。小时候给老妈伺候得身上容不得一丁点腌臜，珠儿差不多有了洁癖，每天不管怎么累，都逼着郭猫儿跟自己一样换衣服。两个人走出来，就像消过毒一样。一天三顿照旧吃食堂，但饭菜打回来，珠儿都要再加工。她隔些时就要请假回一趟城里，带回一堆老妈早准备好的油、面、香肠、鸡蛋甚至饼干之类。

珠儿照旧大大咧咧，只是再也不跟人扎堆疯疯癫癫了，偶然被人拦着，她就说：对不起，我没空，我要养儿子。郭猫儿就是我的儿子。

萎靡不振的郭猫儿一天天丰满滋润起来。

珠儿嫁郭猫儿，把她娘老子吓坏了。他们大字不识一箩筐，扁担放在地上不晓得是“一”字。每天见的人多，哪个也没有把他们当回事。做梦也想不到会有这么个一肚子墨水的读书人女婿。珠儿头一次把郭猫儿带到他们面前，她爸站在屋角上不敢近前，她老妈拉住郭猫儿的手不放，只晓得不住喷巴嘴：几好的伢儿，几好的伢儿……直到珠儿嗔她：你有完没完啊！

跟郭猫儿一起从省城来的高中初中同学也都得到福利。时不时跑到小草棚蹭饭不说，他们回省城，先是从农场搭早班船，快中午到县城，再从县城搭下午的火车。在县城的一个多钟头，正好去珠儿家吃中饭。

不管珠儿是不是同来，她娘老子都是欢天喜地，把一帮人当贵客招待，觉得这是珠儿给他们带来的福气。

这辈子他们单门独户地住在一条小巷的角落里，早出晚归扫马路、挨家挨户收垃圾，见面的人多，亲近的人少。不是珠儿，他们家哪会一下子进来这么多大城市的学生伢儿。每次他们都翻箱倒柜，倾尽所有，炒菜搁油像倒水一样。看着一帮在乡下馋极了的学生伢仔一个个满脸油光，摸着鼓起的肚皮打嗝，跑上跑下的两口子心花怒放。全不顾这帮人走了，他们要苦熬好几个月。

一帮人呼呼啦啦来，呼呼啦啦走，走的时候衣兜里塞满了煮鸡蛋、炒花生，还有两口子满满的歉意：

"慢待，慢待，莫怪啊，再来啊！"

一直送出巷口。

三

新职工回老家过了下乡后的头一个春节，开春再在场里出现的时候有了许多变化。最明显的是三队的陈青和二队的珠儿肚子先后出了怀。

珠儿挺着肚子，嘻嘻哈哈，大摇大摆，生怕别人不晓得她怀了孕。

书呆子郭猫儿动不动就蹲下来耳朵贴着珠儿的肚子听里面的响动。

陈青低着头，佝偻着腰，一脸苦相，不管怎样把腰捆得一紧再紧，还是无法阻止它的一粗再粗。

大伟被请到场部。又干又瘦、说话行事都像男人的桂书记和颜悦色地用听得尽可能舒服的口气，跟大伟谈话：

"本来我该去农科所看你的，考虑那儿讲话不方便，这才劳烦你跑一趟……领导把你放在我们场里锻炼，是对我们最大的关怀和信任，也是最大的鼓励和鞭策……"

"桂书记，有啥话你直说吧。"

大伟受不了桂书记的亲切。

"就是……就是……"

桂书记字斟句酌：

"领导来电话了，希望你……回省里去……"

"就这事？那你为难什么？我走不就行了吗！"

"莫那么急，场里要给你饯个行。"

尽管郭猫儿守口如瓶，但大伟和陈青的私情，早就是场里广大干群的下饭菜。他老婆去他老子那里大哭了一场，他老子把电话打到场里，把他好一通训斥，让他滚回省厅去。当初赶他下基层是为了丰富他的资历，没想到他给自己弄了一身屎。

大伟走得匆忙，甚至想不起让人给陈青带句话。

"陈青太惨了。"

晚上躺在床上，珠儿对郭猫儿说：

"要不要去看看她。"

郭猫儿不吱声。

在食堂打饭碰见陈青，郭猫儿说：珠儿让我请你去家里吃饭。陈青凄然一笑：不了，替我谢谢她。

回来，郭猫儿对珠儿说：

"还是你去，给她送点吃的。"

"这才是男人。"

珠儿叹了口气：

"可惜陈青没有福气。"

八月，棉花盛开，棉花林雪白一片。正摘花的珠儿大叫了一声"郭猫儿"就仰面倒下。等郭猫儿赶到的时候，一个老巴嫂已经帮珠儿咬断了脐带，女儿正"哇哇"地喊叫。

"郭猫儿，我给你生小猫儿了！"

躺在地上的珠儿嘻嘻哈哈，满脸汗水，满脸胜利的喜悦。

"不是小猫儿，是小珠儿！叫郭小珠！"

郭猫儿双手托着女儿，高兴得脚骨子发抖。

陈青的儿子比珠儿的女儿晚出来一个月。半夜里忽然发动了，同屋的人大呼小叫，把她送到场部医院。医生护士准备好的时候，她已经昏过去了。

难产。大出血。

挣扎着生出了儿子，陈青丢了半条命。

那个大胖小子成了一个极大的麻烦：抢救中的陈青没有气力说话，只能无声地流泪。三队队长一面找来几个正在奶伢子的老巴嫂把伢子先抱去几天，一面去场部报告。去省里招工的场办梅主任给陈青老子的学校挂了个长途，学校把他找去接电话。他说了声"混账东西"，接着赶紧补了一句"不是说你"，就放落了电话。

一起下乡的一帮同学围着陈青的病床一筹莫展，不知为什么都看定了郭猫儿。只有他成了家，老婆正在坐月子。

郭猫儿紧咬的嘴唇忽然松开：

"我去找珠儿。"

珠儿说：

"快抱来。"

"就是就是。一个是养，一窝也是养。"

伺候珠儿的老妈不住口地嘟囔，不停地提起衣角抹眼泪：

有过啊，造孽啊，他老子！

四

满六十岁，郭猫儿在江洲中学校长任上退休。珠儿一直在二队种棉花。女儿郭小珠在江洲中学读完高中，考上市师专，毕业后留校，也是教书。结婚后就住在外公外婆的老房子里。郭猫儿和珠儿的老人先后过世。

郭猫儿过六十岁生日的那天，陈小青在越洋电话里说：

"现在你们总可以来我这里了吧？"

之前，他们总是离不开：不想辞职，老人在世，理由都很充分。

陈青在医院里一个字也没有留下。什么时辰走的，怎样走的，去了哪里，一点线索也没有。她是洲上第二个像徐晚园一样突然消失，而且消失得无影无踪的人。这让后来人们说起，总觉得是洲上的一种怪异。

"陈小青"这名字是珠儿起的。他块头大，但眉眼跟陈青不走二样。郭猫儿默认。高中毕业，陈小青直接考上了国外一所有奖学金的大学，之后在那里成家立业。太太是当地华人，祖上好几代前就去了那里，是个大家族。盼望公婆早日过去养老，也欢迎小姑子一家。

郭猫儿对珠儿说：

"小珠一大家子，走不开的。我陪他们，你去开洋荤吧。"

这么好的事，郭猫儿躲什么？种了大半辈子棉花的珠儿伸手摘下郭猫儿那副镜片像酒瓶底一样厚的眼镜，盯住他的眼睛，疑疑惑惑地琢磨了半天，忽然想到：看见陈小青，郭猫儿会想起大伟。

"呆子，死呆子，你一辈子都躲不掉那个打球的啊！你这叫差劲，晓得啵？"

珠儿嘻嘻哈哈，揪住郭猫儿的两只耳朵直摇晃。

仲夏夜

一

昨天夜里，蹲点的李部长讲形势讲到很晚。散了会，晏德成照样去江里划水，翘白儿也照样跟去，早上睡死了，没有听到队长吴毛俚敲钟，同寝室的也没人喊她，误了早工。一帮人忙活了一早上，浑身给棉花林的露水蹭得透湿，丢盔卸甲地回来吃早饭，才见她站在宿舍走廊上梳头。她一头男伢儿短发，昨夜划水湿了也不擦干，睡一觉弄成了乱草，怎么也梳不清爽。差不多每个从她面前走过的人都会瞪她一眼。有的女伢儿干脆就"呸"一口。

隔壁的吕继承被老婆崔美仙缠着赖床，也没有上早工，站在走廊上漱口，牙刷用力在嘴里捅着，满嘴白花花的牙膏沫子，扭头压低声音地问翘白儿：

"你看我在做什么？"

"漱口啊。"

翘白儿永远是喜眉笑眼的。

"你不觉得像什么吗？"

"像什么？"

"像不像昨夜晏德成跟你？"

"该死！"

翘白儿咯咯大笑。

"莫笑，你胸口的扣子崩开了。"

吕继承色眯眯的。

"好不要脸！"

翘白儿肉嘟嘟的嘴唇一瘪。

"不要脸的，又在犯贱，回来！"

身后，还没有起床的崔美仙听见外面的调笑，晴天霹雳般一声大吼。

吕继承手一抖，漱口缸子掉到地上，"哐当"一声。

翘白儿大笑，前仰后合。

吕继承是分场的青年干事，但没有人喊过他"吕干事"，都喊他"牛卵泡"。一致认为他外面溜溜光，肚里一包汤。他跟大家一样下地拿工分，但他坚持认为自己是分场领导之一，加上舅舅是县法院的头，喊李部长直接就喊"老李"，一天到晚高声大气，吆三喝四。去县里出了一趟差，回来一定说在县长办公室扯了半天淡。他人高马大，膀阔腰圆，浓眉大眼，相貌堂堂，画家条子画宣传画，就照他的样子画工农兵。在整个一分场，不管走到哪里，都可以看到他气宇轩昂地站在墙壁上。他也觉得自己魅力无敌，是个女伢儿他就撩拨，逮着机会就得寸进尺。

新职工刚下来的时候，吕继承以"青年干事"的身份专门跟翘白儿谈过话："我们都搞清了，你老子是码头工，扛大包吐血死的，你是三队新职工里独一的正牌儿工人阶级后代，我们会重点培养。你应该给你娘老子争口气，莫老是疯疯癫癫。"

"我怎么疯疯癫癫了？"

"翘白儿"是鱼，学名"白鱼"，因为嘴像小喇叭一样翘着，洲上人加上了"翘嘴"，省去了"鱼"，说全了应该是"翘嘴白"，但因为说得快，"嘴"又给带没了，加上儿音，听起来就是"翘白儿"。拿来做她的外号再形象不过，她一天到晚活蹦乱跳，十足像一条刚出水的鲜鱼。

"你该求上进。"

"什么叫上进？"

"就是进步。"

"就是跟你那样？"

洲上没有隐私。下来没有几天，大家就都知道崔美仙是怎样成了吕继承老婆的。

清明，市农校放假，让师生回老家扫墓。这是毕业班的最后一个学期，吕继承追过的几个女生到手没到手的都给别人拐跑了，搞得他没情没绪，连祖坟也懒得上。一早上想入非非，无精打采地爬起来，在饭堂碰见崔美仙。两个人不在一班，都是学生会干部，平时他正眼也不看她，现在鬼使神差地凑到了一桌，吃过饭，居然脑瓜子一热把她带回了寝室。本来是临时救急败火的，没想到崔美仙情深意长，过后三天两头就来找他，地方她也找好了。开始他还勉强，很快就勉强不下去，教学楼、图书馆、小树林、杂物间、别的寝室、校外的小饭馆，到处躲。不管躲哪里，都躲不脱崔美仙的火眼金睛。崔美仙豪迈地说，你莫想躲，就是躲进阴司我也要叫你还阳!

不久,崔美仙就公开宣布怀孕了。吕继承不认账。崔美仙不跟他啰唆,转身去找校领导。

本来两个都是内定了毕业留校重点培养的,哪知道他们一把烂泥糊不上墙。校长找吕继承谈话,语重心长地劝吕继承拐子拜年就地一歪,一毕业就跟崔美仙结婚。他们自己有个交代,也照顾了学校的影响。吕继承起先一百个不愿意,校长说,你母舅在县里做法院院长,她堂叔在市里管政法,你划算划算吧。

毕业典礼一完,崔美仙就扯着吕继承去打了结婚证,绿水青山带笑颜,夫妻双双把家还。两个人都分配到江洲。农场先给了吕继承一个"青年干事"的说法,听着像干部,编制还是农工。跟崔美仙怀孕一样,是个假模式儿。

结婚本是喜,对吕继承却是灾。崔美仙跟他一样身强体壮,牙齿整排露在大嘴外面,高颧骨,塌鼻梁,两个鼻孔比眼睛还大,有人说下雨她如果抬头,可以盛水。吕继承在她面前,服帖得就像小鬼见了阎王。

崔美仙一有空就扯吕继承进屋……等到吕继承再出门的时候,气息奄奄,五官都走了形。

有一次崔美仙回了市里的娘家,吕继承心想总算可以少遭一夜罪了。晚上扬眉吐气昂首挺胸,去场部看电影。回来,一路高歌"翻身农奴把歌唱",还"巴扎嘿"。快到宿舍,从坝头居高临下,忽然看见家里的窗户灯亮着,"哎呀"一声,跌坐在坝头的草坡上。

崔美仙上午搭班船去市里,原说在娘家过夜的,下午想想又搭顺风车到江洲对岸的县城,赶上场部渔业队最后一班渡船回来了。

就是这样,吕继承还贼性不改,老想偷腥。崔美仙把雪亮的裁缝剪刀拍在床头：

"你哪天真敢不老实，我就铰了你的命根。莫怪我没有打过招呼！"

吕继承乖溜儿说：

"我是那样的人？你把它铰了，我拿什么孝敬你？"

吕继承还真就"是那样的人"。他早就瞄上翘白儿了，每次给崔美仙交差，他总是闭着眼睛，黑暗中晃着的尽是翘白儿那张肉嘟嘟的嘴。

吕继承觉得翘白儿容易得手。会看相的张道士说，嘴唇肉的女人，活窜，骚。

二

省高中到江洲的几个高考落榜生中，晏德成第一个学会了抽烟。

刚断奶，母亲就带着晏德成到省城一个远房亲戚家做保姆。从小学开始，他一路都是尖子生。高三，学校把他列进保送上大学的名单，上级一政审，不但保送不了，高考也是白考——出生那年，他父亲给征了兵，随即跟着军队离开了大陆。暑假，学校组织一批没有升学的初高中生下乡，让他带头：是不是走革命道路做革命青年，这是一个考验的机会。校长是个女的，谈话的时候，连喊了几声，他才抬头，看着他泪汪汪的眼睛，自己也忍不住别过脸去。

到了江洲，晏德成跟在学校一样沉默寡言，心事重重。歇坡的时候，老职工分成好几伙：年轻的打打结结，老巴嫂做针线；上年纪的男劳力凑一堆抽黄烟。一根黄烟筒吊着一只烟袋，在各人手上轮流转，看看转了两圈，队长吴毛俚就站起来，吹哨子开工。晏德成第一天下棉花地，歇坡时就坐在他们这一堆里。吴毛俚抽了几筒，顺手把烟筒递给他，他一点没有犹豫就接过来。头几口呛得厉害，他死命忍着，头上憋出了汗，就是不咳出声。过了几天，吴毛俚把烟筒递给他的时候，说：烟筒我还有，这个你就留着。

吴毛俚也是个闷人，一天到晚三脚踢不出个屁。他对新职工敬而远之，心里喜欢晏德成的老成。

那管黄烟筒用得很老了，竹管油红，铜头锃亮。晏德成天天别在腰里，一有空就咬在嘴上。

因为知道晏德成上学时的名气，二、三队这帮新职工，不管省城来的还是市里来的，个个敬晏德成三分，喊他"晏哥"，唯独翘白儿喊他"德成哥"。两个人都没有了父亲，两个人的母亲都是保姆，天生的兄妹。

翘白儿一有时间就往晏德成的寝室跑。整排新职工宿舍，就这间寝室最安静：聂宏亮跟晏德成同班，学校动员下乡的时候，省城的报纸广播宣传得震天响，他热血沸腾，抢着报了名。到了江洲，一切风光烟消云散，后悔也来不及了，就挖空心思制造新闻，终于以朗诵诗歌出了风头；陈志是初中生，跟两个高中生隔生，每天下工回来就糟蹋稿纸，一心想写诗赚钱；晏德成是个死牛活头，整天没有一句话，只低头抽烟，不时叹口气。

"嗬，我以为没有人！"

翘白儿不管不顾地一头撞进来。

"欢迎小鱼儿！"

聂宏亮声音做作，惊喜是真的。

"你们这里好干净。别的屋就像狗窠。"

翘白儿感叹着，东看看西看看，忽然抓起陈志桌上的一本外国诗集，打开夹着书签的那一页，刚看个开头就喊起来：

"呀，好不要脸！"

陈志喜欢在书上瞎画，以为她发现了什么秘密，一把夺过诗集，松了口气。那是诗集作者的一首诗，第一行是：

爬到我身上来吧，美少年……

陈志正要说什么，翘白儿已经走开了：

"哟，黄烟筒！"

翘白儿一惊一乍，走到晏德成面前：

"我抽一口。"

晏德成没有反应过来，黄烟筒已经被她抢过去咬在嘴上了，呛得一阵猛咳。

晏德成难得地一笑，松开皱紧的眉头。

翘白儿从小跟巷子里的男伢儿混作一堆，初中没有毕业就不肯去学校了。母亲管不了她。居委会动员城市闲散青年下乡，她根正苗红，不是动员对象，但她觉得下了乡更好玩，自己跑去报了名。

聂宏亮很快就明白，翘白儿进屋没有他什么事儿，知趣地该做什么还做什么。陈志除了写诗，做梦想的都是初中班上那双也许再也见不到的黑眼睛，他不喜欢翘白儿这样泼皮撒野的女孩。

翘白儿每次来，晏德成脸上就多少有了活气。翘白儿"德成哥、德成哥"地喊得蜜糯了。晏德成的打饭、洗衣服、缝缝补补，都成了她的事，决不让他沾手：

"抽你的烟，莫动。"

晏德成烟抽得厉害，一包最便宜的黄烟丝没有几天就抽光了。翘白儿不知从哪里捡来那么多香烟头，一个一个小心剥开，合成一包。那些香烟什么牌子的都有，合到一块，比黄烟丝好抽。

每天晚上，晏德成都去江里划水，在江洲跟扁担洲之间的湾子游几个来回。哪怕李部长给大家讲形势讲得再晚也不间断。有一天忽然一条大鱼贴着他肚子窜到前面，黑暗中听到咯咯的笑声。

是翘白儿。

翘白儿从小在江边长大，水性比晏德成好多了。

不久就有了活灵活现的瞎编：湾子里出了水鬼，一男一女，赤膊浪胯吊，夜夜在水里作怪。

李部长自然是不信邪的：事情只怕不是男欢女爱那么简单。教诫队干部表面上要不动声色，不忙做结论。让大家莫迷信，莫瞎扯什么"水鬼"。

但吕继承心里酸得像刀绞，打死也不相信：孤男寡女，干柴烈火，不出鬼那才真是出了鬼！晏德成冷得像块江边的石头，拒人千里之外，凛然不可冒犯，他有点含糊，不敢随便唐突，只敢问翘白儿。翘白儿每次都喜眉笑眼，不承认，也不否认。

好色的吕继承眼睛里就只有"色鬼"，想不到更可怕的"恶鬼"。

连着几天，半夜月亮当空的同样时间，江对面山上的天空，有照明弹一个接一个升起。"哧"的一亮，把月色中迷迷蒙蒙的山脊照得通明，然后一阵轻烟，消失在黑暗中。一帮人站在坝头，看得目瞪口呆。

"是特务的信号弹。"

李部长的牙巴骨咬得咔吧响，说得大家心惊肉跳。之前他在会上讲敌情，讲形势，大家觉得是天方夜谭，远在天边。现在看来竟然真的近在眼前。

夜里开完群众会，李部长又接着开干部会，分析最近就在身边出现的一些动向。为了高度保密，干部会范围很小，只有他，队长吴毛俚和"分场青年干事"吕继承。

江对面县城的邮局截住了一封寄往香港的信，信的内容和后面留给对方回信的地址，证明了是从省城来江洲的学生，转到了场部。

信是晏德成写的，请香港的"叔叔"有可能转给他父亲。他在信里说：你丢下妈妈和我一走了之，太不负责任了！

"这说明了什么？"

李部长压低声音。

"说明他人在江洲，心在海外。"

吕继承心里一阵说不出的兴奋：

"他来江洲后天天夜里坚持划水，有没有可能是为了有一天偷渡？"

李部长进一步分析。

"不是有没有可能，是一定的。这个人深藏不露，捉摸不透。嘴上不说话，心里不知有多大的仇恨！"

吕继承一针见血。

"不说话就是有仇恨？"

队长吴毛俚嘟哝。他就是个三脚踢不出个屁的人。

"你莫误会。"

吕继承解释：

"你跟他的本质不同。你家里三代贫农。"

吴毛俚茫然地眨着眼睛，不知道吕继承为什么这么肯定：这是人命关天的事啊！

夜里把崔美仙服侍熨帖了，吕继承兴犹未尽地舔着她的耳朵：

"求你帮个忙。"

"有话就说，有屁就放。"

"找翘白儿谈话。"

崔美仙"呼隆"一下坐起：

"你还贼心不死？以为这把剪刀是摆设？"

"你看你急得！我有贼心，会让你找她谈话？正事儿，会上定的！"

崔美仙冷静下来。她在农校也是学生会干部，不缺政治头脑。

"不要惊动晏德成，只要翘白儿能证实就行。就看晏德成在她那里有没有漏过风。"

事情顺利得他们自己都没有想到。

在新职工宿舍，崔美仙和翘白儿一个丑，一个骚，女生都不愿搭理，她们两个也就容易接近。崔美仙是要盯紧翘白儿跟吕继承的来往；翘白儿是对谁都不防着：谁翻白眼，她不往心里去，谁愿跟她好，她也高兴。

"夜里说梦话了？"

上午歇坡的时候，崔美仙扯着翘白儿在身边坐下。

早饭，食堂里一帮女生叽叽咕咕，捏着嗓子怪声怪气地朗诵：

爬到我的身上来吧，美少年！

一阵鸭叫样的哄笑。

她们学的是翘白儿昨夜的梦话，她同寝室的甘新华听得一清二楚。

"没有吧？不过也可能。我记不起来。"

翘白儿极力回忆。

"想男人了？"

"想啊，我一天到晚都想德成哥，一刻时不见就像掉了魂。"

"憨包女儿，你是真憨啊。那他想你吗？"

"不知道。我没问过。我只知道他不讨厌我。"

"你怎么知道他不讨厌你？"

"他什么都告诉我。"

"都告诉你什么了？"

翘白儿眼睛都不眨一下就跟崔美仙竹筒倒豆子：

"他娘伤心的时候跟他讲过，她命苦，嫁了一个没用的男人，一块去的同乡晓得做逃兵，偏他木得跟个死人一样！"

"那是没有法子的事。"

崔美仙倒是体谅。

"就是。他老子没有那么木。那个做了逃兵的同乡后来投靠了香港的亲戚，早年从香港来过信，转告他老子的口信，说他安顿好了就会来接他们……"

翘白儿很得意，就像是说自己的家事。

"晏德成其实用不着等，设法去找他就是了，先去香港找到那个同乡，一打听就明白了。"

崔美仙漫不经心地说。

"对啊，德成哥就是这样说的。"

翘白儿看着远处，眼睛晶亮，好像那天就要到了。

"他打算怎么去？"

"等机会。"

"哪会有这样的机会！要去就只有偷渡越境。之前江洲有牢房的时候，有个犯人就是这样跑出去的。"

"是吗？"

"要是晏德成偷渡，你会跟去吗？"

"当然！"

"憨包女儿，偷渡成了晏德成会娶你？"

"我不管，反正德成哥去哪我去哪。"

"偷渡越境是犯法的，你也不管？"

"不管。只要跟德成哥在一起。"

"难怪你们天天划水。是做偷渡的准备？"

"不知道。德成哥没有说过。"

三

那天早工，吕继承在地头叫住晏德成，说，你今天去裤脚套挖沟。

裤脚套是江洲中间的洼地，便于集中管制。

"为什么？"

跟在晏德成后面的翘白儿叫起来。

吕继承愕了一下，说：

"这是组织上的事。"

"狗屁！还不是你捣的鬼。"

"翘白儿，注意你的立场。"

吕继承没想到，翘白儿也跟到了裤脚套：

"你来干吗？"

"你管不着。"

翘白儿径直走到晏德成身边。

"名单上没有你的。"

吕继承急了。

"那就加上。"

翘白儿紧跟着晏德成。

洼地边上，几个民兵背着老掉牙的步枪走来走去，神气活现。

"装什么假模式儿，谁不知道你们手上拿的是拨火棍。"

翘白儿瘪嘴。

带队的吕继承忍无可忍：

"翘白儿，过来！"

"过来就过来，你还敢强奸不是？"

翘白儿丢下老重的铁锹。

"莫闹好不好。"

吕继承的口气软下来：

"你这是鬼迷了心窍，知不知道？"

"你才鬼迷了心窍！"

"你应该靠拢分场！"

吕继承突出"分场"，也就突出了他的分场领导身份。

"分场就是你，你就是分场，靠拢分场就是靠拢你，对不对？"

"就算对吧。"

"做梦！呸！"

翘白儿把吕继承像根木头一样钉在那里。

几个民兵哈哈大笑。洼地那些被管制的人弯着腰，不出声地笑。

晏德成好像什么也没有听见、没有看见，端着黄烟筒低头抽烟。

裤脚套的挖沟结束得比平时收工要晚。晏德成跟翘白儿说，今天不划水了，有点累，想早睡。

"好。"

翘白儿心疼。

上早工的钟刚响过，场部公安特派员老叶跟着李部长来了新职工宿舍，直奔晏德成寝室。

晏德成不在。他所有的东西一样不少，昨夜换下的衣服凌乱地丢在床上，那只黄烟筒挂在床头的老地方。看上去是随时就会回来。

"这是伪装！"

李部长说。

"他走之前有没有跟你们打过招呼？"

老叶问同寝室的聂宏亮和陈志。

"没有。天亮前好像听见他出门，以为他上厕所，没有在意。"

晏德成跑了。

消息传得比风还快。整个江洲当天就都知道了：江对面山里的潜伏特务发了信号弹，一分场二队有个叫晏德成的新职工看到后逃跑了，要去南方偷渡越境。

二队本身更是闹翻了天，一堆一堆的比比画画，眉飞色舞，口水四溅。

只有翘白儿惨了。她走近哪堆人，哪堆人看她的眼光就怪怪的。有惋惜，有可怜，有幸灾乐祸。

翘白儿出娘胎头一次感觉到了害怕。正午的毒日头底下，从头到脚，一身冰凉。没有了德成哥，她彻底孤单了。

"看上去蛮聪明，还是省城的高才生，干出这样的傻事。以为边境是菜园门啊，偷渡就过得去的？"

唯一一个还跟翘白儿说话的是吕继承。

"谁跟你说他要偷渡？"

"不是你跟崔美仙说的吗？说他要去找那个知道他老子下落的逃兵，你们划水就是准备偷渡，还说你也要跟去？"

"他没有这样说过。我也不是这样说的。"

"说没说过现在都无所谓，他已经这样做了。"

翘白儿傻了。

"……你们会去抓他？"

"憨包女儿，他都不管你了，你还管他？场部老叶已经带人去了。"

"抓住了会坐牢吗？"

"那还用说？坐牢算他命大。这是什么时候啊？敌特那么猖狂，都发信号弹了！"

"德成哥……"

翘白儿睁大失神的眼睛，小喇叭样的嘴巴半张着，簌簌颤抖。

"幸好他丢下你了！"

吕继承把翘白儿满是冷汗的手捂在掌心：

"跟你说多少回了，靠拢分场！靠拢分场！你就是不听！"

"你能救他吗？"

翘白儿泪眼一闪。

"我怎么救？"

"你不说你舅舅是县法院的头儿吗？"

"是啊，你不说我还忘了。"

"求你……跟你舅舅……起码保住他的命……"

"求我？拿什么求？"

"你要什么？"

"我要什么你还不知道？"

"……好……吧……"

四

江滩的防浪林很密。人要是存心躲在里面，别人根本找不见。每次划水，穿过林子，晏德成都是来去匆匆。吧嗒吧嗒跟在后面的翘白儿老是想象他突然停住，转身，一把把她搂在怀里，亲她，揉她，抱她进林子，按她在地上，让她喊出堵在喉咙口的话：

爬到我的身上来吧，美少年！

但晏德成每次都闷头走他的，最多是回头招呼一声：快点！

想不到，现在却要被一个恶心的臭男人糟蹋了！而且是她自己送肉上砧板！德成哥，你莫怪我啊！我实在没有什么别的法子可以帮你。

地方是吕继承指定的。林子漆黑。树缝中，江对岸的汽车灯光偶尔闪过。四处响着窸窸窣窣的声音。刚从城里来的时候，许多凑了对的男女钻在里面快活，很快就听说有鬼，除非色胆包天的，再没有人敢来。

翘白儿什么也不在乎了。死活就这一次。只要德成哥有救。

树枝"哗啦哗啦"从翘白儿身上扫过，脚下"咔吧咔吧"响着枯枝被踩断的声音，翘白儿抬头挺胸，咬紧牙齿，像电影里英勇就义走向刑场的人。

"还真来了。"

一个女人的声音：

"来靠拢分场的吧？"

黑影从树桩后面缓缓移出来：

"吕继承不来了。来了也没有用。我跟他说过我的剪刀不是摆设。"

幽暗中现出一个活生生的凶神恶煞。笑着，却格外恐怖。

崔美仙的声音其实很和蔼：

"真是个憨包女儿！吕继承舅舅那个屁大点的官儿救得了一个越境犯？就是救得了，吕继承会让他去救？早上就是他看见晏德成上了坝头故意不追，算好不管他是坐班船还是坐渡船都跑远了，才去场部报了案。他当时要是喊住了晏德成，会有今天的事？"

五

追捕晏德成的老叶几个回来了。他们追到省城，追到晏德成母亲做保姆的东家，最后追到医院，看见晏德成正在给病床上的母亲喂粥。

东家说，阿姨不肯写信告诉晏德成，怕影响他劳动锻炼。

跟晏德成一块到江洲的同班同学，有一个当初分到了其他分场，晏德成在裤脚套挖沟收工的路上碰到他。之前他刚回了一趟省城的家，听说晏德成母亲病危住院了。见到晏德成，很奇怪他为什么没有回去照护。

当夜是没有进城的车船了，晏德成死活煎熬了大半夜。

比晏德成晚一脚赶到医院的老叶临时改了口，说他到省城出差，听说晏德成母亲住院，顺便来看看。

晏德成很意外，疑疑惑惑：他回省城没有跟任何人说过，几位场里干部是从哪里"听说"的？又怎么会"顺便来看看"他这样一个被赶去集中管制的人？他把这些都闷在肚子里，礼貌地看着一头大汗的老叶他们，只轻轻吐了两个字：

"谢谢。"

市里的头班船天亮前到江洲。从省城返回的老叶他们一早到了场部，队长吴毛俚得知的第一时间告诉了翘白儿。翘白儿刚下棉花地，二话不说就丢下了草锄。

六

晏德成和翘白儿在省城住到母亲出院才回洲上。有个半夜，一样的明月当空，对面的山里又升起了照明弹。

李部长这次很镇定。他已经搞清楚了，那是山那边的工厂在搞民兵演习。

封缸酒

一

　　大鼻子陆国汉很晚才知道姚春恨他，而且恨得那么深。

　　在二、三队新职工中，陆国汉是头一个过老职工眼的：人高马大，勤快，肯吃苦，最得人疼的是讲理：新老职工之间没有事则已，一有事，不管青红皂白，他立刻就挺身上前，站在老职工一边。

　　翘白儿蹲在沟里拉尿，一抬头突然发现吕继承在拐角偷看，"流氓流氓"地叫起来，棉花地做事的一堆人跑过去看热闹，吕继承正狼狈不堪，陆国汉挤到前头冲翘白儿呵斥：

　　"叫什么叫，你凭什么证明人家就是看你？"

"对对对，沟边上有块土松了。"

吕继承马上反应过来：

"我怕它掉下来砸着你，正要提醒你！"

"你看，人家明明是好心！"

翘白儿手抓着裤带，迷惘地眨着眼睛，不知道吕继承怎样眨眼间成了好心人。

陆国汉不管身材还是气概都高人一头，谁在他面前都会觉得自己矮三分。给新老职工的争吵评理，他每回都是以第三者的身份，讲老职工如何对头，新职工如何不对头，死人都能给他说活了，还让所有人都觉得公正公平，不能不服。

最难得的是陆国汉时时事事处处都能主动维护农场，维护农场干部。

刚下乡，新职工样样不习惯，有些翻生剥皮的总是牢骚满腹，动不动就骂农场，骂干部。陆国汉只要听见，立刻就义正词严地挺身而出，历数农场、农场干部和农场生活的各种亮点，为了强化效果，特地编了顺口溜：

> 远有匡庐山，
> 近有石钟山。
> 好山加好水，
> 风景随便看。

> 总场好干部，
> 能文又能武。
> 下队来劳动，
> 同吃又同住。

敞开肚皮吃，

伸直脚杆睡。

浑身都是劲，

忙死也不累。

"写得不好，跟聂宏亮朗诵的那些不能比，但一听就明白，不用费心思。"

陆国汉虚心地说。

他绝顶聪明，有超强的选择力和迎合力，十分清楚该回避什么，突出什么，落点极为精到高明，而且口气和姿势把握和拿捏得相当自尊，正气凛然，像是法庭上庄严的法官，再邪头鬼脑的人也会被镇住，只能肚子里嘀咕：忙死了还怎么知道累？却不敢说出口。

二、三队跟场部离得近，下来不到一个月，陆国汉就成了大红人，场里干部差不多个个都知道了三队有个大鼻子好伢儿。先后下来蹲点的李部长和黄场长都对陆国汉赏识得不得了。许多人有事没事特地跑来看他长什么样，是不是真有说的那么好。姚春就是其中一个。她是省局下来锻炼的，在场部没有正式职务，都喊她"姚助理"。就是"助理"书记场长，说是"助理"，被"助理"的也要让她三分。

场领导头一批就把陆国汉列进了重点培养名单，暗中派了人去省城调查考察，知道了他从小学到高中，一路都是三好生，高考落榜，是他临场发挥不好，考塌了。本来市劳动局已经给了他进工厂的名额，但是街道上正在动员社会闲散人员下乡，他老子说这是个难得的机会，极力主张他去报了名，赶上了到江洲的这一批。

做了半辈子小机关的会计，划成分时定了"旧职员"，仍留用做会计，陆国汉的老子很觉得对不起子女，只能指望他们自己努力。在家里已经谆谆说了无数遍，陆国汉下乡后收到他的头一封信，还是反复地突出那句话：吃得苦中苦，方为人上人！

陆国汉先后把这封信给李部长和黄场长看过，让他们晓得他老子对儿女的家教，两位领导在跟新职工作报告和谈心时也常常把这句话引为至理名言，让大家向陆国汉学习：

"吃得苦中苦，方为人上人"，这是老辈子代代相传的古训。年轻人，好吃懒做，只晓得发牢骚，不晓得吃苦，怎么可能有出息？

二

姚春来的那天大雨。

连着几天都是老阴天，飕飕地刮着冷风，气温骤降，好像突然就换了个季节。接着就是这场秋雨，又细又密，大多数人还穿着短褂短裤，嘴唇冷得乌青，一身鸡皮疙瘩。队长朱癫痫自己也顶不住了，看看已是半下午，捺着屁眼吹了哨子，让大家先回仓库，一边躲雨一边开会。

就要开始收摘棉花了，仓库清得一干二净。一个队的人坐在四面墙脚下，照样显得空荡。

姚春走进仓库的时候，黄场长仰着脸正在讲亚非拉人民要解放。她悄悄地找到朱癫痫，在他身边坐下，示意不要惊动黄场长。眼睛把全场睃了一遍，很快就发现了特征明显的陆国汉：高大肥白，坐在人堆中间，鹤立鸡群，因为一个带鹰钩的大鼻子，一张圆胖的娃娃脸不再平庸。一个姿色不错的小媳妇紧贴在他身边，两只手抱住他的胳臂，使劲上下捋着，"好暖和好暖和"地欢叫，毫不掩饰，全不顾不远的地方一个男人气呼呼地鼓眼睛——显然是她丈夫。

雨一直下个不停，黄场长也一直讲个不停。天已渐渐黑下来，再回棉花地已无可能，他索性尽情发挥，把亚非拉人民的解放斗争推向一个又一个高潮，风起云涌如火如荼。中间，朱癫痫出去了好一会，回来说，黄场长你太辛苦了，亚非拉人民解放的路还很长，我们要不要先歇一歇？

说得正上劲的黄场长被打断，有点不爽，白了朱癫痫一眼。

朱癫痫不看眼色，接着说：

"今天的夜校就停一天课，我们好生吃顿夜饭。姚助理头回来队上，这样看得起我们，我不请客天都不肯。"

说起夜饭，大家突然发觉肚子早已瘪了，仓库里好像飞进一群蜂子似的"嗡嗡"响起来。满屋子人纷纷起身。

黄场长不得不打住。

朱癫痫刚才出去，从收工的渔业队赊了条江鱼，蛮大，十好几斤，交把食堂红烧。

"等我们过去就烧差不多了。"

朱癫痫自己就先咂了咂嘴。

一队人呼呼啦啦涌出仓库，几个干部走在最后。朱癫痫让姚春和黄场长走前面。

姚春说：

"黄场长走前面应该的，我凭什么？"

"你也是总场的。"

朱癫痫嬉皮笑脸。

"这是理由吗？"

姚春突然站住：

"让陆国汉说说。"

陆国汉跟在他们身后，没想到姚春会直呼他的名字，受宠若惊：

"当然是理由，只是不够准确。应该讲您是省局领导。"

"小嘴真甜。"

姚春揶揄。

"甜个屁。新职工会拍马屁罢了，不像我大老粗一条。"

朱癞痢嘴臭。

"好了好了，这么大雨，快些走吧。"

黄场长严肃，只喜欢讲政治思想，不喜欢开玩笑，尤其是这种流里流气的玩笑。再让他们说下去，不定说出多么难听的话来。

因为沾了总场干部的光，所有新职工意外地跟着加了个餐，一人端了一碗烧鱼，欢天喜地出食堂。陆国汉最后一个离开灶台，手上的碗被朱癞痢劈手夺下，把刚分到的那份鱼倒回锅里：

"你嘴甜。省局领导让你留下陪她。"

"不是陪我。"

姚春纠正：

"都知道他下乡以后表现很不错，想听听他的心得体会。"

"对对对！"

黄场长立刻附议。

陆国汉白皙的大圆脸一下绯红，腼腼腆腆说：

"不好吧。"

"什么好不好，让你坐就坐下。"

半锅烧鱼已经装在一只大铁皮盆里，端上了食堂案板，腾腾的热气直往上冒，把从横梁吊下的一盏马灯冲得晃晃摇动。

朱癞痢迫不及待：

"人是铁，饭是钢，一顿不吃饿得慌。来来，先吃饱喝足再说。肚子空的，还心什么得、体什么会。"

说着，朱癫痢从案板下搬出一只尺把高的酒坛子，放到案板上：

"这坛封缸是我打赌赢来的。"

赢了那次嘴咬两袋各装一百公斤化肥的麻包，一二里路一口气不歇的打赌，是朱癫痢一生最大的骄傲，一有机会就要拿出来显摆。

"今天有贵客，这坛酒算是没有白封几年缸，喝了拉鸡——倒。"

姚春就坐在案板对面。

"我不喝酒的。"

黄场长声明。

"我晓得，只请你老人家监酒。"

朱癫痢放过黄场长：

"其他的有一个算一个，一个不能少。省局领导没有问题吧？"

"我不是省局领导，你别瞎扯！"

姚春再次纠正，没有说喝酒有问题。

"要得，大鼻子我就不问了，陪领导喝酒，喝死了也是应该的！"

"当然！"

陆国汉到洲上后是头一次跟这么多领导喝酒，很踊跃。

"好，那就开喝！"

朱癫痢把一摞土碗分到各人面前：

"喝就喝个痛快，喝死了拉倒！"

酒坛的封口打开，满屋飘香。倒进碗里像老酱油，黑得发亮，喝到嘴里像土蜂蜜，浓稠粘牙。众人不住地啧嘴叫好，却听姚春说：

"这哪是酒，明明是糖水。"

"嘻！这么大口气。没想到省局领导喝酒水平也这么高！要不这一坛子你一个子喝完，让我们洲巴佬长个见识。"

朱癫痫正喝得痢痢头发亮，姚春的话让他颇受挫。

"我一个人喝完不成问题。你不心疼酒就就行。"

朱癫痫傻了眼。他本来是呛姚春的，根本想不到她的水这么深。

"好啊！"

几个队干部起哄，拍桌子打板凳。

"小姚你莫听他们的，他们就是想看你出洋相。封缸酒进口好，后劲足，喝醉了很不好办的。"

"不过，我一个人喝，你们看着单调，最好两个人对喝，热闹。"

姚春仿佛没有看见黄场长的焦急，已经有些迷离的眼睛不经意地盯了一下案板对面的陆国汉。

"要得！"

朱癫痫霍地站起，打算豁出去。

"朱队长，这是你的酒，你自己喝了不好。看看还有没有别人。"

朱癫痫不出头，其他队干部都只能做缩头乌龟。

"我来给姚领导助个兴。"

陆国汉突然说。

"行，就是你！"

姚春就等着陆国汉迎战。

局面一新，立刻起了高潮。所有人都"唰"地站起，围着案板，看定面对面坐着的一男一女，你一碗我一碗，碗碗都一仰脖子一饮而尽。不吃鱼，光喝酒，速度越来越快。碗一放落，朱癫痫就立刻把酒倒满，两个人就立刻端起喝光。

姚春的舌头终于大了，话音开始含混不清。

陆国汉则端端正正坐着，纹丝不动，除了大鼻子有一点细微的汗珠，圆圆胖胖的脸依旧白皙，毫不变色，跟刚进来时一样。他喝酒是有童子功的。当小机关会计的老子一辈子不好别的，就好一口老黄酒，长年累月，一日三餐，餐餐用个小壶子温一壶，边喝边哼"我本是卧龙岗上散淡的人"。陆国汉刚能爬他膝头，就用筷子头蘸了酒点儿子的小嘴，让儿子跟他一起快活。

一坛酒不久就见了底，看看两个人没有一个翻倒，朱癫痫喊：

"你们等着，我再去买酒。"

"莫胡来！"

黄场长厉声制止：

"姚助理该回场部休息了。"

黄场长的脸色很难看，朱癫痫只好悻悻作罢。

姚春软软地站起来，手撑着案板，极力不让自己摇晃。一帮洲上的大男人谁也不好上前扶她。他们平日嘴上村草，个个赛骚牯，该硬的时候却硬不起来。

挺身而出的又是陆国汉：

"我送她回场部。"

三

全省农垦系统先进表彰大会定在年底开。这次表彰，主要目的是在普通农工中选拔国家干部。江洲确定的人选里，陆国汉排名第一。见了他的人，不再喊他"陆国汉"，都喊"陆干部"。他口里说"莫莫莫"，心里蜜糯了，每天都像喝足了封缸酒，虽然看上去仍是四平八稳，不动声色，脚下是轻飘飘的，随时可以弹起老高。写信报告老子，老子自然高兴，回信再三叮嘱机不可失，时不再来，对自己要更加严格，表现要更加出色，基础打得越牢靠，资本积得越厚实，出场就会越大，前途不可限量。

　　每天收工，陆国汉都是最后一个走出棉花地。常常是已经走出地头的朱癫痫回头喊好几声才动身。那天刚上机耕道，听到后面有人喊他，一辆单车"嘎吱嘎吱"追到身边，跳下一个人。

　　是姚春。

　　"姚助理！"

　　"别助理助理的好不好，我没有名字吗？"

　　"姚春助理。"

　　"姚春！"

　　……

　　"别装了，问你个事。"

　　"那天晚上你是真的吗？"

　　"哪天晚上？"

　　陆国汉莫名其妙。

　　"真忘了还是假忘了？封缸酒！"

　　"封缸酒啊？那怎么会忘！你酒量真好！"

　　"好什么好，你后来不是到处跟人说把我拿下了吗？我恨死你了！"

　　"我说过那样的话？不可能！借我一百个胆子也不敢。"

　　陆国汉急了。

　　"别不承认。说了也无妨。我就想知道，你那次是不是真的。"

　　"什么'是不是真的'？"

　　陆国汉一头雾水。

　　"看来我不说你是不会承认了。提示一下：我呕吐时，你的咸猪手放在哪儿？"

"我真的想不起来。"

陆国汉用力眨着眼睛，丈二和尚摸不着头脑。

"虚伪！"

姚春恨恨地一瘪嘴，把单车猛然一推，一骗腿跳上去，把陆国汉孤零零地撂在机耕道上。

直到姚春在夜色里消失，陆国汉才一拍脑门子，清清楚楚地想起那天晚上送姚春回总场路上发生的所有细枝末节：

雨不知什么时候已经停了，乌云低沉。夜风一阵阵，透心凉。

场部就在坝下了，身边的姚春突然站住，直着脖子一阵抽搐，向前一弯腰，就要扑倒。陆国汉来不及多想，两只手同时伸出，从后面一把抄到她胸前，把她托住。

姚春翻肠倒肚地吐了半天，总算缓过来，一点一点地直起身子，一口接一口地喘气。陆国汉闭紧眼睛忍受着她呕吐的难闻气味，忽然发觉自己手掌的位置不对，赶紧一抽。她的手一直紧紧地抓着他的手。他抽手的时候，她明显并不想松开。当时他觉得那只是因为她醉酒的虚弱，现在才意识到，好像不完全是虚弱。是什么？不好瞎猜。

姚春在省农专被校广播站播音的男中音迷得要死要活，穷追不舍，一毕业就结了婚。不到一个月，男中音就后悔了，有了别的女人。姚春天大的幸福不到一个月就戛然而止，打报告要求下派，离开伤心地。

除了知道是总场干部，陆国汉从来没有注意过姚春。她不好看也不难看，跟大鼻子陆国汉恰好相反，她最大的特点就是没有特点。如果一定要说有，就是让人觉得没有性别。有一回近视眼郭猫儿指着她的背影，跟人说：前面那个人有点像女的。陆国汉小心翼翼地尊重她，只因为她是总场干部，还比自己大几岁，跟"男女"二字绝对十三不靠。

打破谜团的是黄场长。

夜校下课，黄场长让陆国汉留一下。

"你是不是对省里来的同志有什么不尊重啊？"

黄场长直截了当。

"没有哇，怎么可能？！"

"有人说你乘人之危，动手动脚。有这样的事吗？如果真是这样，你就太让组织上失望了。"

黄场长枯黄的脸上，眼睛的寒光越过突出的颧骨，阴森森的。谁都知道，他最痛恨的就是男男女女的偷鸡摸狗。

"绝对没有的事，我可以拿我和我一家人的名誉发誓！"

陆国汉暗自叫冤：天地良心，他当时真没有觉得自己抱着的是一个女人。

"不用发誓。说起你家人，我也要做检查。在会上表扬你的时候，没有及时指出你父亲讲的'吃得苦中苦，方为人上人'是腐朽的封建意识。一个青年人靠这样的意识求上进，其实是动机不纯。"

黄场长很痛心：

"好好反省一下自己，该认错认错，该检讨检讨，加强修养，端正思想，组织的大门对你是敞开的，进步的机会还是有的。"

"黄场长，您能不能说得更明白些？黄场长，黄场长，黄场长……"

陆国汉差点哭出来。

"告诉你，让你有个思想准备也好。只是，你一定要正确对待——场里有可能把你从那个准备上报的表彰名单上撤下来。"

"为什么？"

陆国汉绝望地喊。

"你自己好好想想。"

世上没有不透风的墙。江洲更没有。很快就传出来，省局下来的干部姚助理坚决反对陆国汉上先进人物表彰名单。理由很充分：这个人的道德品质恶劣。

陆国汉像霜打了一样蔫了一段日子。不过也就那么几天。过后他照旧是正气凛然，时时事事处处为干部和老职工说话。

拨了一辈子算盘的老子到底老辣，听说儿子的上进遭遇变故，回信说：好事多磨，不必灰心。走点弯路，长点见识，不吃亏。"吃得苦中苦，方为人上人"是千古不变的道理，孟子讲天将降大任必先苦其心志，这回就是磨炼你的心志。眼前最主要是盘算清楚对方心里的小九九，三下五除二。

收摘棉花的季节开始了。

今年的棉花是个好年成，才几天，晒场上就铺满了雪白的新棉，傍晚收进仓库，大半屋子棉花堆到屋梁那么高，柔软，蓬松，暖融融的充满肉感。夜夜轮流值班的劳力直接就睡在棉花堆上。最得味的是新职工。有人干脆脱个赤膊浪胯吊，在棉花堆上挖个洞，钻进去，想入非非，一夜好梦。

值班的都是男劳力，两人一组。那天轮到陆国汉，他对搭班的火板儿说，晚上你只管去忙你的，我一个人去就行了，朱队长问起，我会给你打马虎眼。

那火板儿正跟一个女伢儿打得火热，每天不到半夜就心急火燎地去钻人家的帐子，一天到晚嘴上不离"罗裙底下救命王"，对陆国汉连连作揖：谢谢谢谢，你也是我的救命王。

之前几天，陆国汉找了个合适的机会，"偶然"碰见姚春，诚恳地说：不知道领导肯不肯安排个时间，想跟您做个汇报。

"汇报什么？"

"思想。"

"算了。我管你不着。"

"我是想告诉你，那天夜里……我……非礼，不是无意……是有意的……是真的……就是不敢承认。"

"是吗？"

姚春直眉瞪眼。

"是。"

陆国汉避开姚春的眼睛，低头踢地上的石块。

"看来还不是个憨包。"

姚春说着，一把抱住陆国汉，两只小拳头不停地捶他胸脯：

"恨死你了！"

陆国汉手脚无措。他是头一次被一个女人这样抱着，头一次面对这样的火热。

"该死的大鼻子！"

姚春踮起脚尖，张开嘴想去咬陆国汉的鼻子：

"这只鼻子要我的命！"

"我鼻子怎么了？"

陆国汉很困惑。

"自己去找本相书看看。"

姚春的水桶腰居然一扭。

这一向都是好天气，秋高气爽。大朵大朵的棉花遍地绽放，白茫茫一片，就等着收摘。一年累到头，图的就是这些日子了。收花是计件的，人人争先恐后，天一亮就下地摘花，不到天黑得实在看不清了不住手。因为夜里值班，陆国汉提前收了工，在食堂随便扒了几口夜饭就赶来仓库，接替朱癫痫和几个掌秤收花的队干部。

农场机管站的柴油发电每天夜里只管到九点，这会早停了。因为堆了棉花，仓库不准点油灯，好在有月光，水银一样投进仓库门洞，地板上真像落了一层霜。

仓库外面是树林，树林过去是屋场。

月色朦胧。屋场睡了。树林凝固。露水在树叶间的滴落和树下秋虫的鸣叫，隐隐约约。不知哪家的桂花开了，暗香飘散。

花好月圆。万籁俱寂。就像战争电影说的：大战前的宁静。

陆国汉抱着后脑壳，仰倒在棉花堆上，等待跟姚春的幽会。心里七上八下，但一点感觉不到神秘、紧张和兴奋。

接下来的夜里会发生什么？

对童贞的结束，无论睁着眼睛，还是蒙头酣睡，陆国汉都有过无数天花乱坠的想象：

是威猛的，如虎啸山林；是温柔的，如柳摇水岸；是激越的，如怒马狂奔；是沉着的，如蛮牛深耕；是粗犷的，如铁匠淬火；是细致的，如书生研墨；是典雅的，如宝剑渐入龙泉；是粗鲁的，如柴棒直送火灶；是斯文的，如古诗人写的玉人吹箫；是质朴的，如洲巴佬唱的鱼戏花篮……

最早的觉醒是因为一场电影。在整个那场电影的放映期，他编出各种理由让精于算计的父亲掏钱，每天都去看一场，就只为了那个让他头一次梦遗的女演员。

就是没有想到，自己的初夜会交给一个好像没有性别的女人。

将要在一张这样宽这样大这样白这样纯的可以让才华尽性挥洒、让激情彻底燃烧、让魂魄完全消融的眠床上，两个像刚从娘胎里出来的肉体毫无羞耻地交缠蠕动，一个只是为了满足生理的饥渴，一个只是为了满足父亲的期待。

这是幸，还是不幸？

四

外面响起极力放轻却止不住迫切的脚步声。

一个分不清男女的人，快步踏上仓库大门的斜坡。

清明柳

一

新职工的食堂在宿舍后面，食堂后面是菜地，菜地一角建了个像模像样的公厕。

种菜的六公挨着粪窖烧了一堆火粪，不时冒出一串火星，一缕青烟，夜里看上去特像坟头。进厕所非得绕过这个坟头。

因为跟宿舍隔得远，夜里小便，女生不出门，各自用盆子；男生就在宿舍前面的坝脚下"扫机枪"了事。不得不上厕所，女生就只好几个人做伴；男生胆小的就只好尽量憋着，实在憋不住，就求烂李子。烂李子有求必应，昂首挺胸走在前头。他自己有事，从不喊人，直接就去了。

烂李子念初三时打群架，对方人多，而且都是高中的狠人，这边有一点怯阵。烂李子冲上去，一砖头拍在对方领头的鼻梁上。

那一仗他们完胜，唯一的代价是他半边脑壳留下一个大疤，寸草不生，还劳教了两年。出来，街道正在动员闲散人员下乡。家里张嘴吃饭的伢儿快一个班，不在乎他一个，开货车跑长途的老子跟他说，我三天两头见不到你的魂，你妈奈你不何，你干脆死乡下去吧。

烂李子其实并不怎样翻生剥皮，就是胆子贼大。

过了一段时间，大家看看实在没什么事，也就跟着壮了胆子，不再麻烦烂李子。

却真出了鬼。

半夜三更，有人跌跌撞撞地摸进厕所，小腿忽然被明显地敲了一下，吓得魂飞魄散，转身鼠窜，屁滚尿流。

李部长二天专门提着驳壳枪去勘察了一次，回来严肃说：

"哪来的鬼！搅屎棍插在窖里，让你碰上了。"

中秋加餐，烂李子狼吞虎咽，睡到半夜肚子发胀，跑厕所。厕所的门洞很矮，弯着腰一头钻进去，里面漆黑一团。烂李子挨着墙壁试探着往里走。

小腿忽然被什么敲了一下。

烂李子屏息站住。什么动静也没有。

等他又移一步，又被敲了一下。

烂李子头一炸，一动不动：搅屎棍怎么会是活的？

是个雨天，厕所外面雷电惊天动地，忽然一闪照出蹲坑上一团黑影。想想最多就是一死，害怕也没有用，烂李子憋足劲，死命朝那个黑影一脚踢去。

"哎呀"一声惨叫，之后是一阵猛烈的咳嗽。

"什么鬼？"

烂李子喝道。

"狗日的，你拉、拉我一把……"

是龚有才。

烂李子放了个巨响的屁，肚子也不发胀了，懒得搭理蹲坑上哼哼唧唧的龚有才，回去拍李部长的房门。

李部长今天跟大家一起加餐，没有回总场，就住在队上的宿舍：

"李部长，我碰到鬼了！"

龚有才当夜就被送进了场部医院。烂李子那一脚，踢在龚有才的胸口上。

当年江洲建国营农场，招劳力。龚有才听说"国营"二字，吵闹着娘老子从南边乡下迁来做"国营工人"。他跟新职工一样喊洲上人作"洲巴佬"，以示区别。他这辈子最大的梦想就是做一个新职工，上中学时把名字中的"财"改成了"才"。穿着打扮完完全全模仿新职工：长衣长裤，从不赤脚。衣服换得很勤，让老娘浆洗得洁白笔挺，衬衫胸口别着一个铁路员工的小胸章，是他向在铁路做事的亲戚讨来的，口袋插着钢笔。每天早上洗了脸还搽雪花膏，人前走过，一阵幽香。

龚有才说话的口音怪怪的，既不像乡下话，也不像城里话。陈志因为写诗，对语音敏感。有一次开会正好坐得近，很小心地问他讲的是哪里的方言？南边乡下的吗？他眼睛不看陈志，从牙缝里说：我有必要跟你讲吗？陈志从侧面看他两眼冒火，颈上青筋暴跳，像要吃人，赶紧住口，起身走开，听见他在背后咬牙切齿：这么标准的普通话听不出来？畜生！他羡慕新职工，又恨新职工，越羡慕越恨，尤其是陈志这样出身不好的新职工，觉得老天真是不公，把这种下等人生在城里。他们家土改划的成分是上中农，比地富反坏右高一等。

家家的菜地有茅坑，龚有才偏要上新职工的"公厕"。因为这是新职工的一种证明。但新职工根本不把他放在眼里，平时打打结结，搂搂抱抱，只要他一上前凑热闹，那些人不管男女都会"去"一口。他只好在一边干瞪眼。但他并不气馁，想方设法惹新职工注意，结果吃了烂李子的亏。

　　烂李子踢了那一脚，过几天就忘到后脑壳了，龚有才却见人就说烂李子天不怕地不怕，是个吃了豹子胆的。他那一脚打师行叫"武松无影脚"，会这一脚的打师洲上至今没有一个。把个烂李子吹得云里雾里，飘飘然，不晓得自己是吃几碗饭的。

　　总场场部礼堂翻修，屋顶全揭了，就剩屋脊和桁条。礼堂临着二队的棉花地，歇坡的时候，龚有才指着那个比三层楼高的空架子，问烂李子：

　　"你敢不敢上到那里去？"

　　"这算什么！"

　　烂李子站起就走。一眨眼就猫一样出现在屋脊的一头，在底下的泥木匠和总场干部的一片惊叫声中站起，沿着不到一尺宽的屋脊，若无其事地走起平衡木来。两只手臂不时在身体两边抬起，克服在大风中的摇晃。

　　底下一阵阵的惊叫不久就停止，变得死一样沉寂，揪紧了心指望老天保佑。

　　烂李子不紧不慢地在屋脊上走了三个来回。回到地面，看见所有人都脸色乌青，大惑不解，问：

　　"出什么事了？"

　　只有龚有才嘻嘻哈哈：

　　"我跟他们打了赌的。我赢了。"

　　队长吴毛俚从衣兜里掏出哨子，用力吹了一口：

　　"开工！"

跟班劳动的李部长很严肃地对龚有才说：

"下次莫开这样的玩笑，出了事谁负责？"

"放心，烂李子决不会出事！"

龚有才满不在乎，眼睛落到李部长大屁股上那把盒子炮上。

二

二队有句话：李部长的驳壳陈志的笔。这两个人这两样东西从不离身。李部长是总场武装部部长，驳壳枪是他的办公用品；陈志是鸡屎（知识）分子，从早到晚那支笔随时要掏出来写写画画。

烂李子有一天突然把李部长的驳壳枪抓在了手里，等李部长反应过来，驳壳枪已经离开了枪套子。

"胡闹！"

李部长大惊失色。

"别过来！再走一步我就开枪！"

烂李子嬉皮笑脸，枪口对着李部长。

"莫乱来！"

李部长气得发抖。

烂李子把枪举过头顶，对天一扣扳机。连扣了几次，一点动静也没有。

"废铁一块！屁股夹扫把，吓人的。"

烂李子一甩手把枪丢到李部长脚前。

那把枪还真就是"废铁一块"，枪机拉不开，根本就不上子弹，只是外面给绸子擦得锃亮。李部长吃力地弯下粗壮的腰，小小心心捡起枪，又拍又打，心痛得脸都歪了。

背后怂恿烂李子的是龚有才。

"你小子有种！过去把陈志的笔头子也拔了，省得他一天到晚装鸡屎分子，作恶心。"

刚歇坡。陈志坐在离开人堆的地头，在膝盖头的小本子上奋笔疾书。

龚有才对陈志听不出他的普通话耿耿于怀，觉得是对他的藐视。陈志被安上"鸡屎分子"外号，是他最嫉恨的事。他觉得论长相，自己更像"鸡屎分子"。

没想到烂李子说：

"你什么意思？以为我是憨包？"

在烂李子心里，陈志很神圣。陈志看那么厚的一本本书，写那么多的一沓沓字，要他命他也做不到。

在这帮新职工的心目中，烂李子就是个无脑，二百五，洲上人说的"哈巴老总"，蛮可爱，也憨出了角头。

过年回城，大家才对他刮目相看。

市里经停江洲的班船，每天上下午各一班，到江洲码头时，上面已经差不多坐满了人，洲上人上去，就只能在舱里舱外的过道站着。从省城和市里下来的新职工是夏天专船送来的，过年，几百号人头次回家探亲，再没有专船了，连着几天，码头上挤得就差翻船。

烂李子一麻袋装好了自己的行李，在走廊上站住，说：

"信得过我的跟我走。"

从江洲去市里还有一条路：去江对岸的县城搭长途客车，由渡轮运过鄱阳湖口，到对面的梅家洲上公路。大过年，客车肯定指望不上，但长途货车有的是，可以搭顺风车。

众人疑疑惑惑地眨着眼睛，多数人自然信不过他。万一大担小担的到了那里，根本行不通，就叫天不应叫地不灵了。不如就在洲上等着，无非是晚几天到家。

十几个性急的横下一条心，跟上烂李子。长这么大第一次离家半年多，想家都快想疯了。

场渔业队每天有去对岸的渡船。一伙人上了岸，直奔渡轮码头。

渡轮是双向对开，每艘渡轮由四条大驳船田字形拼在一块，铺满钢板，主要是运送过湖口的汽车，原则上不搭载行人，要上船除非先上汽车。

对面过来的渡轮没有靠岸，码头上的汽车已经排起了长队。烂李子让大家等着，自己在那个长队前前后后转了半天，很兴奋地跑回来——客车都是满载，但他找到了一辆空载货车：

你们跟我来，到了那里什么话也不要说，直接爬上去！

十几个人正推的推，扯的扯，相帮着往车厢上爬，司机发现了，跳出驾驶室，气急败坏：

"干什么干什么？翻天了？"

"别理他，只管上！"

烂李子看看所有人都上了车，自己手把厢板，脚踏车轮，一跃翻进了车厢。

到岸的渡轮响了汽笛，长长的车队开始蠕动，后面车子的喇叭鬼叫，司机张牙舞爪了一阵，没有结果，只好骂骂咧咧地回到驾驶室。

满载各类大小汽车的渡轮稳稳当当离开码头，逐渐加速。一帮人齐齐站起，昂首挺胸，举目四望。一边是波光粼粼的鄱阳湖，一边是浩浩荡荡的扬子江，怎能不让人豪情万丈。朗诵家聂宏亮一甩好久没剃的长卷发：

大江东去，
浪淘尽

千古风流人物

……

一车人乐不可支，疯疯癫癫，又喊又唱，聂宏亮声情并茂的朗诵夹在中间根本听不清。

渡轮在不知不觉中到了梅家洲码头，车子一辆接一辆下了渡轮，上了公路，许多人好像已经看见久别的城市、街道、家门了，突然发现脚下的车子离开车队，停在了路边。

"要么下车！要么交钱！"

司机仰面站在车下，不由分说。

所有人都懵了，直眉瞪眼。

"我们交钱。"

烂李子跟谁也没有商量就出了头：

"你说吧，交多少？"

"按人头，每人十块。"

车上一片嗷叫。

"这么黑！打劫啊？"

"嫌贵去坐客车。下来。"

"狗日的，算你狠！"

烂李子一个个收钱。完了，趴在车厢栏板上把钱交给司机：

"拿好！"

多一个字也不说。

司机爬上车厢，清点了一遍人头，把乱七八糟的票子仔细数了一遍，团作一卷塞进怀里，回身跳下。

从梅家洲码头到市里的几十里路，两边田地袒露，农作物早已收割，像极了鲁迅写的《故乡》：天气又阴晦了，冷风……呜呜的响……苍黄的天底下，远近横着几个萧索的荒村。

车上再没有了声气，一个个垂头丧气，像死了娘老子。

十块钱，是洲上劳力人均一个月的收入，车上好几个人还达不到这个平均数。湖口县城到市里的客车票钱才一块；市里到江洲的班船票钱更少，八角。

刚才高诵"大江东去"的聂宏亮移到陈志身边，窃窃嘀咕：

"会不会就是他跟司机合谋好的？"

"他"自然是烂李子。

"应该不会，他有点浑，不至于坏。"

陈志摇头。

"真后悔。"

聂宏亮的嘴角不停抽搐。

现在后悔也晚了。

车子在市区进口停下，司机摇下车窗，伸出头喊大家下车。

烂李子做了个手势，让大家坐着别动，先把自己的行李袋丢下车，跟着跳下。司机还没有反应过来，他已经跳上驾驶室脚踏板，往车窗里一伸手，拔出了车钥匙。

轮到司机求烂李子了：

"钱还你们。算我倒霉。"

烂李子接过一卷已经有了体温的钱，按搭车的人数一人一块抽出，连同车钥匙交还司机：

"我们不白坐，照客车的票价交钱。收好。"

剩下的钱，烂李子一扬手抛上车厢：

"你们自己清点。我那几块不要了，你们随便处理，算我拜早年。"

烂李子提着行李袋，头也不回地走了。半边脑壳上，那个寸草不生的大疤在中午才出来的日光下发亮。

一车人大眼瞪小眼。

三

清明，许多老职工在屋檐下插柳枝，说是预报天气：柳条青，雨蒙蒙；柳条干，晴了天。其实是指望发家：有心栽花花不发，无心插柳柳成荫。柳条见土就活，年年插柳，处处成荫。

龚有才说这是洲巴佬风俗，土，坚决反对娘老子跟帮。他妹子龚金荣说，凭什么非听你的？我偏要插！

"你只管插，插一根我拔一根！"

龚有才发狠话。

龚金荣把柳枝插到自己闺房的窗前，说：

"哪个敢拔，我就不活了。"

老娘心疼女儿，抹着眼泪劝龚有才：

"你让她插。她要嫁人了，在这屋里住不长了。"

龚有才只好恨恨地作罢。

新职工觉得好笑。他们不喜欢龚有才，这人有点阴。看人总是眼眨眉毛动，说话总是话里有话。你总也搞不清他真正的意思。他之前在厕所装神弄鬼，让大家特反感。倒是他妹子龚金荣，蛮顺眼。

龚金荣跟哥哥完全两样：眼睛清亮得像打了明矾，没有一点杂质。小鼻子小嘴，笑起来特别动人。腋下开口的斜襟大褂，掩不住那个年纪的蓬勃。开会或歇坡，坐在一堆洲上女人中间，跟她们一样绣花或纳鞋底，一样哼洲上的"栀子花开十二匹，六匹高来六匹低……"却最惹眼。反而是一天到晚叽叽喳喳的那帮城里女孩显得俗气。

烂李子从来不打女孩的主意，一个大男人喜欢混在女人堆里，一点骨气也没有。龚金荣惹眼，他会在一群女伢中一眼看到她，也就是这样了，不往深里想。龚金荣定了亲，男方在市里当干部，一帮人老远就在坝头上放着长鞭炮仗到洲上来送过彩礼。

棉花开播前，场部照例放电影。那天夜里放的是个战争片。

只要放电影，再大的地方都是人挤人。洲上人一年到头，天一光睁眼下地，天一黑洗脚上床，除了夫妻那点快活，再难得乐趣。看戏，看电影，就是个集体放纵的机会。上年纪的有了个不打夜作盘菜园的理由；细伢子有了满场疯跑的自由；最得味的是青壮男女，有了挨挨擦擦起手动脚的方便。戏台或放映机一亮，人头攒动的场子上就响起一片不明不白的声息，冒出一股混合着臭汗、烟草味的不明不白的气味。

烂李子喜欢战争片，挤到最佳位置，眼睛只盯着那块高挂的白布，根本不去注意前后左右。二四八月乱穿衣。他脱得只剩了背心，还是汗湿得跟什么也没穿一样。不知何时开始，随着电影上一阵接一阵轰隆隆的地雷爆炸，他感到有两颗有弹性的地雷越来越紧地顶到了他好像光着的背上，带着女伢儿发香的呼气一阵比一阵强烈地扑在两个肩胛骨中间。人挤得没有缝隙，即便他想让也没法让开。何况他不想让开，身子下意识地错动了一下就立刻放弃。他是第一次在这样的距离感受异性的柔软和火热。

无法形容那样的感觉：仿佛电流在全身麻酥酥地通过，烧着了血液，所有的血管都在膨胀，奔腾，狂喊。身体好像在沉睡中突然惊醒，先是无法控制的紧张和近乎痉挛的震颤，然后是爆炸一样的迸发，然后是从未有过的酣畅淋漓。

烂李子晕晕乎乎地站着，直到场子差不多空了。

一阵说不出的失落和空虚，还有惆怅。不知道那个女伢儿是谁，莫名其妙地靠近，莫名其妙地消失。

清明之后是谷雨。谷雨之后来春汛。各队派劳力上坝看守。二队看守的一段在洲尾，之前看守的是陈志和老鼠嘴。陈志背上头年的扭伤发作，老鼠嘴摇船送他去南边姑塘镇找名医曹婆子，队上要另派两个劳力。

烂李子头一个跳起来。他听说那里有各种蹊跷故事：昏暗的月光下，有女人把头端在手上梳头发；阴雨天，江边的林子里，到处是凄凄惨惨的抽泣声，很想知道究竟。

龚有才跟着说：我也去！他在新职工里没人缘，只有烂李子因踢过他一脚，心里多少有点愧疚，对他不主动也不拒绝。

汛期里真正要命的日子来了。

大雨一连十天半月，不分昼夜倾盆而下。江面眼见得越来越宽，淹没了小沙洲，淹没了江滩，淹没了防浪林，淹没了坝脚，淹没了坝腰，一点一点地接近了哨棚，哨棚已经移到了坝头上。所有的劳力都上坝了，加高加固大坝。食堂送饭的顾不过来，队长吴毛俚让龚有才家里给哨棚单独送饭，顺便给烂李子一份，回头跟食堂结账。

中午，给哨棚送饭的龚有才老子没来，换了龚金荣。端碗给烂李子的时候，她一直低着的眉眼突然抬起，烂李子心里触电似的一闪。

遮雨的塑料袋给风雨撕烂了，龚金荣浑身透湿，胸口鼓凸大起大落，烂李子忽然想起那个热血滚沸的夜晚，身上一阵燥热。

"怎么是你？爸呢？"

龚有才隐约感觉到什么。

"有段坝塌方，队长让男劳力都去抢险。"

"那你也快回。"

龚金荣走了，两个人开始吃饭，烂李子忽然惊喜地喊起来：

"荷包蛋！两个！"

两个油煎荷包蛋压在米饭底下。过完年回到洲上，食堂每天都是水煮萝卜白菜，烂李子是头一回吃得这样奢侈。

"谢谢啊！"

烂李子看着龚有才，满脸放光。

龚有才的脸阴着：他的碗里自然也有荷包蛋，但只有一个。看龚金荣端碗给烂李子的那副样子，显然不是端错了碗。

"金荣要出嫁了。"

龚有才没头没脑地说道。

"是——吗？"

烂李子猝不及防：

"什么时候？"

"就是这几天。日子是我们定的。"

烂李子想起来，过几天就是五一节，龚有才喜欢讲城里习惯。

"哦——恭喜。"

烂李子口有些发干。

响雷一个接一个，漫天成堆的黑云被闪电撕开又合拢，漏下泼天的大水。巡查几个来回了，龚有才钻回棚里躲雨，烂李子就地坐下，像块石头，任风雨扑打。

留给烂李子纠结的时间不多。远远的，二队把守的坝段那里，隐隐响起了报警的铜锣声。

"决口了！"

烂李子跳起来，跟上冲出哨棚的龚有才，往响锣的那里飞跑。

不是决口，只是塌方的坝段在跟江水争高低。场抗洪指挥部运了一大驳船沙来，队长吴毛俚情急中狠命敲锣，尽可能集中强劳力。

龚有才和烂李子一到就直接跳进江水，爬上驳船，抓起铁锹。

飞快装满草袋，飞快将草袋甩到露出江面的肩膀上，飞快传递到塌方的坝头。

狂风暴雨裹挟着一场与死神的搏斗。驳船，江水，坝头，蠕动的人们虫子一样渺小，听不见声音，甚至听不见喘息，只有拼死的挣扎。

混乱中，龚有才忽然觉得狠狠插进沙堆的铁锹撞到了硬物。紧接着是他身边烂李子的一声惨叫。

四

将近一个月的连续性暴雨天气结束了。天在一夜之间扒去了结满污垢的表皮，裸露出纤尘不染的透明的蓝色。水位稳定下来。被折磨得困苦不堪的人们，拉满弓弦一样的神经突然松弛下来。

一切总算告一段落，暂时平静下来的一个晚上，从南边疗伤回来的陈志思绪如涌，写下了如下文字：

春天，开工的钟声在黎明前响起。我们摸黑钻出草屋，看不清几枝嫩黄的花茎刚刚爬上床头的泥墙。我们播下种子，播下一年的希望。

初夏的暴雨同仿佛立起的大江连成一片。人们整天在堤坝上摸爬滚打，和着混浊的江水嚼着冰冷的饭粒，倒在流水如注的石坡上鼾声如雷。

一个老职工的女儿，不知为什么哭得特别伤心。她后来被吹吹打打的迎亲队伍接走。

那天夜晚，月亮特别大特别圆，带着无比的纯洁，祝福女孩的婚姻。

秋天来了。云忽然就淡了，高了蓝天；水忽然就瘦了，矮了桅杆；风忽然就硬了，薄了衣衫；雁阵背着斜阳，在纤尘不染的天上，写美丽的十四行诗。

过去了，棉芽在破土中的扭曲；过去了，柳枝在屋檐下的折断。只要有了累累的硕果，一切就得到了报偿。

棉花堆上了仓库的屋梁，将会有新的情侣在值夜时诞生；牛车上了发亮的桐油，将会有送棉花的吱扭声响彻云霄；土地露出干瘪的胸膛，将会有新的种子在冬耕时埋藏。所有人都开始指望今年的分红：父亲盘算着造屋，儿子早等着媳妇进门；一个女孩看中了商店新到的雪靴，过年时她要去中国的最北边看望当兵的对象；一个兄弟暗中准备着结婚，他揽进怀抱的是我们个个梦想过的女神。而我，唯一的愿望是买够最上等的棉花，给日渐衰老的母亲换掉那床烂渔网一样的老棉被。

完成了冬种，我们就要回城里过年，每一天，都是我们在期待中激动不已的日子。

只是，再没有人领我们去对面县城的渡轮，去跑前跑后为我们寻找空载的长途货车，去用出人意料的勇敢帮我们照长途客车的票价到达同样的目的地。

多年后陈志陪一位北方作家住县招待所，晚上去打热水。热水桶快空了，一个弯腰低头的老人已经装了快满一桶，还不离开，陈志用普通话请他留一点给北方来的客人。

老人抬起头，两眼冒火，青筋暴跳，像要吃人：

"说什么狗屁普通话，我还不知道你是什么东西！"

稀稀落落的花白头发下是一张干枣样的脸。陈志这才看出，那是龚有才。他其实不老。

临江仙

陈志睁眼醒来，看见车窗的窗帘已经拉开了半边，对面的铺上盘腿坐了一个年轻的胖子，光头，长出了浅浅的短楂。一脸油光。短袖花衬衫，胸口敞着，垂着一弯老粗的金项链。大裤头刚过膝，腿上尽是毛。面前的小桌板上一堆罐啤。

昨天晚上隐约觉得车厢里其他的三个人都下去了，不知道这个胖子是什么时候、在哪个站上来的。他显然一直就坐在那里喝酒，根本没睡，软卧里满是他喷出的酒气。

"真能睡。"

胖子笑道：

"怎么吵也不醒。"

车厢里只有他们两个。他说的只能是陈志。

看来是个见面熟。

陈志一边掀被子，翻衣服，找鞋子。老在路上跑，这种人见多了，属于他懒得搭讪的一类：小生意，低素质，粗俗。

从盥洗室回来，一拉开门，就听见胖子的声音：

"一看就是文化人。"

"怎么见得？"

胖子好像一直在等着跟他说话，陈志不好硬憋着。

"刷牙洗脸啊。好习惯，文明。"

"你不刷牙洗脸？"

"我才不。用不着。我一天到晚只喝啤酒，牙口干净得很。"

"那也不去餐车了？"

"不去。我这里啤酒多的是。"

胖子拍了拍床铺：

"你去吧，我给你看着行李。"

陈志担心的就是行李，正犹豫着是不是带去餐车。这趟是参加笔会回来，主办方给每个人发了几千块钱润笔费，他很小心地塞在旅行包底层。

胖子立刻就意识到了，扯出压在身后的一个小提包，拉开拉链，露出成捆的大钞：

"放心，你的东西要是掉了，我赔。这些够不够？"

"我没有不放心。"

陈志掩饰说：

"你就不怕我抢劫你吗？"

"你能抢劫我吗？"

胖子哈哈大笑，浑身肥肉乱抖。

陈志脸一热。没想到会被这个一副蠢样的胖子捡了笑话。

从餐车回来，见胖子坐在那儿真的没动桩：

"你走了以后，车厢里连一只苍蝇也没有进来过。"

"你真不吃饭啊？"

陈志岔开那个让他尴尬的话题。

"我这不在吃吗？"

胖子说着，又拉开一只罐啤。

"你在家也这样吗？"

"家？我就是家，家就是我。我在哪里，哪里就是家。"

"看不出来，你还是个哲学家。"

陈志想起哥们雪国一个小说的题记：我在哪里，哪里就是我的故乡。

"什么学？"

"哲学。"

"不懂。"

胖子一缩脖子：

"我只晓得一个人到处是家，快活。"

"一个人怎么是家？又怎么快活？"

"你是说没有女人？怎么可能！只要有钱，哪里会没有女人！这辈子我别的不敢吹，女人可太多了。不过太多了也没意思。有回我买了个洋妞一整天，不到半天就后悔了。就那一件事，干几回就腻了。两个人光着，你看我，我看你，也不懂话，只好又倒下，又爬起，搞得我过后好些日子再看见黄头发蓝眼睛就想吐。"

"你让我想起一部电影的台词：除了做爱，他的生活一片空白。"

"我不看电影，我只做爱。"

胖子的油腻脸闪闪发亮。

"那得花大把钱吧。"

陈志酸溜溜的。

"钱就是花的。花光了赚，赚了花光。"

"听口音你是下江人？"

陈志有点喜欢他了：

"做生意？"

"是的。卖毛笔。这是来采购。"

"下江人到外地采购毛笔？"

"不对吗？"

"文房四宝，宣纸端砚徽墨湖笔。毛笔祖宗蒙恬造笔就在湖州，湖州就在下江，你这不是舍近求远吗？"

"天下名笔多的是，各有各的货色。说湖笔是笔中之冠，固然不错，安徽的宣笔，蜀中的川笔，河北的侯店笔，名气都不小。河南太仓笔说南湖北潘，湖南的湘笔还说湘颖之技甲天下呢。我要去的那地方，有家笔庄就是清朝皇帝题的匾，专门做御笔。"

"皇帝算个鸟！"

陈志最讨厌拿狗屁的"皇家""御用"说事。

论年纪，胖子应该是陈志的晚辈，但老练多了。看出陈志的反感，马上改口：

"听说中国最会写字的在那里做过官，专用那里的毛笔。"

"你说的是文港？"

"你去过？"

"你刚才说的那个中国最会写字的叫王羲之，因为他在那里做过官，所以后来唐朝的王勃写《滕王阁序》才说光照临川之笔。"

陈志卖弄：

"不过我没去过。我早年在农场扒土巴的时候，有个同屋的老家就是那里。"

"没去过就知道这么多！到底是文化人，一肚皮学问。不像我，里边全是屎尿。"

胖子拍拍一碰就晃动的大肚皮。陈志心里像熨斗熨过一样熨帖。

文港一千六百多年前就做毛笔，也算是毛笔之乡。陈志几年前收到过文港一家笔庄的信，信里夹了几张百元大钞，请他写篇说毛笔的文章，帮着做个宣传。写信的人他不认识，不知道从哪里听说了陈志。

陈志这辈子最怕的就是写字，从小没少让家长老师生气，可不管你怎么骂，他的字就是写得跟狗爬一样。让他说笔，真叫是哪壶不开提哪壶。他老老实实退回了那几百块钱润笔，也谢绝了去文港看看的邀请。他到哪都爱出风头，出不了风头的地方绝对不去。

"不过，你真该去看看。"

胖子有点出神：

"我采购毛笔，只去文港。那地方真的好看。山清水秀，像个水灵女儿。大路边一个老牌坊，进了牌坊，就像到了古代。路上铺着麻石条，屋子尽是老砖老瓦老门板，卖杂货的门头挂着布旗子，笔铺里满墙是发黄的老字画。"

陈志有了兴趣：

"家家都这样吗？"

"别家我没有进去过。到了文港，我只去临江笔庄一家。老板姓晏，先前在外地农场，知青回城，农场的新职工差不多都走光了，他已经成了家，在省城做保姆的老娘过了世，他也断了回城的想头，却突然得到早年去了海外的老子的消息，老爷子随后还托当年做了逃兵的同乡给他转来了一大笔钱，说是要回故土终老。他带着老婆女儿回到老家镇上，用那笔钱盘下一家倒闭多年的笔庄，请了镇上最好的笔匠掌墨，女儿跟着学徒，两口子做粗工。笔庄很快有了生意，只可惜老爷子没有活到动身回大陆的那一天。

"笔匠祖传世代制笔，临江笔庄狼毫羊毫鼠毫鼠须紫毫各种兼毫齐全，适合各种字体的笔一样不少，都是手工制作。工艺扎实，用料考究，狼毫用的是纯东北辽尾，光泽和触感内行一眼就能看出来。选料、配料、结头、择笔、刻字工序一百二十多道，光是笔杆选材的工序就分了木质、竹质、牛角、陶瓷一百多道，所有流程的标准写得明明白白，决不欺客，不满意就退货，你什么担心都是多余的。笔杆刻字，别家用机器，挣快钱，省时省力大批量。他们始终就是用人工，笔画有粗有细，龙飞凤舞，机器刻的根本没法比。"

"这样的手艺人是凤毛麟角。"

陈志由衷说：

"世上的确没有几个了。"

"晏老板最看重的也就是这一点。他跟笔匠说，他不图挣快钱，只图中规中矩。做手艺的就是要守行规！

"你去买毛笔时，他们会教你闷住气，把笔尖放在嘴里，先湿润，然后舌尖轻轻把笔锋慢慢抵散，然后在掌背或掌心慢慢旋转，试笔锋杀纸的力度，要是力度不够，笔锋就会散开。据讲早年的老秀才都这样当场试笔。试笔不满意，放下就是。

"我就只认这家笔庄，赚了钱，除了吃喝玩乐，就是买他们的笔！"

胖子看着车窗外面，眼神有点迷离。路边的树木飞快地略过，忽然想起什么，把压在屁股后面的小提包抽出来，在夹层里找到一本册页：

"这是临江笔庄现在当家的编的小册子，我觉得蛮好看，就是看不太明白。"

老手艺代表着一种生活态度，跟机器生产两码事。

现代社会追求效率，不知有多少老手艺退场，带走了不知多少珍贵的生活细节。

甘愿处在卑微的人生边角，以最纯的匠心守护手工的原汁原味、烟火灵气、淡泊诗意。

以老手艺的沉稳，对老手艺的审美表达敬重。这种表达也许无足轻重，却是一方水土的品格。

宣纸，尺牍，右下角印着行草的"临江鱼素"，册页内文小楷娟秀纤巧。页面素净，文字颇有深度，宜于文艺青年佐酒茶。

"你明不明白都无所谓，只管买他们的笔就好，肯定错不了。"

"我还是想搞明白。"

胖子有一种渴望。

"这么说吧，这段话的意思表示：他们不只是做笔，是做一种文化。"

胖子眨着小眼睛：

"他们就是太有文化，我就是太没有文化。听说他们晏家祖上出过两个大文人，一父一子，老子做过大官，儿子文才比老子还好。"

"那是二晏，晏殊晏几道。晏殊是老子，晏几道是儿子。当时人说晏几道有四大痴：不傍贵人，是一痴；不赶时髦，又一痴；搞得家人节衣缩食，是三痴；从不记恨害过自己的人，是四痴。"

陈志来劲了：

"临江笔庄主事的既是晏家后人，骨子里就有一种文化遗传。"

胖子眼巴巴地似懂非懂，嘴张得老大，下巴直往下掉，忽然想起：

"对了，临江笔庄正堂板壁上就刻了那位老祖的诗，好像是写临江的一位仙人。可惜我读不懂。"

"是不是《临江仙》？"

"对对对，就是。"

　　梦后楼台高锁，酒醒帘幕低垂。去年春恨却来时，落花人独立，微雨燕双飞。记得小苹初见，两重心字罗衣。琵琶弦上说相思，当时明月在，曾照彩云归。

这是陈志记得特清楚的一首词，因为给情人写过，用指头一笔一画地写在人家的身上。虽然早分手了，现在念起来，还是心动。

胖子长长地叹了口气：

"我要是也能跟你这样念得出就好了。"

"你有心事啊。"

陈志盯着胖子。

"我哪来的心事？"

胖子掩饰着，拉开一个罐啤，仰起脸一气猛喝。

"你去文港只去临江笔庄一家，怕不是只为笔去的吧？"

陈志坏笑：

"小老弟你瞒我不过的，我久在江湖，惯看风月，什么不明白？倒不是喜欢打听人家隐私，你真要有心事，莫硬憋着，说出来会痛快些。"

除了列车员收拾了一次小桌板，一上午车厢再没有旅客进来。这趟车没有什么人，软卧大多空着。一个地方经济发不发达，看人流就知道了。

胖子有点颓丧：

"我不是存心去的，跟着几个做生意的朋友，头次到文港，头一个就进了他们店。不晓得为什么，进去就不想出来了。穿过店堂，一直走到后面做笔的作坊。作坊没有后墙，直接临着河水，岸下尽是荷花。

"做笔的女儿土布衣裳，荷叶颜色，一张脸就像八月中秋的一盘月亮。不过她老勾着头，说话羞羞答答。荷叶缝里江水的反光在她脸上晃动，细细的绒毛一清二楚。晶亮的汗珠子，就像花苞上的露水。两只手膀子白白胖胖，像藕节。大热天，她穿的是圆领衫。我挨她站着，低头一看，人一下就蒙了。"

"那还等什么？开口啊。"

陈志调侃。

"我何尝不想开口？就是心越想，口越张不开。其实那会我蛮清爽，不是现在这样一身肥肉。"

胖子从包里掏出钱夹子，打开，有一张他自己的照片：青涩，瘦削，眉眼分明。

"而今是一堆废墟了。"

陈志心里嘀咕。

胖子只顾说自己的：

"人家哪会要我这样的粗人。她后来嫁的男人，是师傅的儿子，在县高中毕业，不愿劳神费力去挤高考，回到镇上，跟她一块做笔。原来两个早就好上了。他人能干，文墨又好，那个小册子就是他做的。

"只可惜他们生意做不大。他们也不想做大。媒体、文人苍蝇一样围着他们打转，要给他们做节目，写传，他们一律作揖谢绝；每年评选"工艺大师"，别人私下送钱送到肉痛，他们白给也不要；有些采购，只他们笔庄不给回扣，人家也就再不回头。他们不在意人多人少，只愿来的是行家，识货。

"老笔匠手眼不济了，回了老屋。晏老板上了年纪，把笔庄交给女儿女婿打理，自己没事就坐在堂屋，咬他那根竹管油红、铜头锃亮的黄烟筒，抽的还是老黄烟，笑眯眯地看着一男一女两个小肉墩在脚前爬，一言不发。老太婆一旁端着茶碗，给他打扇。她开朗，快活，人缘好，镇上人都知道她年轻时外号'翘白儿'。

"临江笔庄一直就是那栋老屋、那个老作坊，只是到处收拾得锃光瓦亮。女儿生了一对龙凤胎，还是跟没开苞的荷花一样光鲜。闲时男人写了文章，她就用毛笔小心抄出，印到小册子上。两口子是神仙夫妻，恨不得一个鼻孔出气，一条裤子同穿。我在一边看着，觉得自己就是一堆垃圾。"

"一个鼻孔、一条裤子，意思对，话难听。教你两个词：夫唱妇随，琴瑟和鸣。"

陈志也很受触动。

胖子避开陈志的注视，从小桌板上抓起罐啤，低头拉环，手有些抖，拉了好一阵，居然没有拉开。

胖子口里的"晏老板"像极了晏德成：一片无声无息的树叶，被动地随水漂流，从不为自己争取什么，却总有好运。陈志本来想确认一下：晏老板的名字是不是"晏德成"？看胖子那个掉了魂的样子，只好作罢。

月缺月圆

天上星子朗朗稀

一

　　洲上人说，人倒霉，盐罐子生蛆。昨天一整天还风和日丽，半夜以后忽然乌云打堆，天上地下黑得严丝无缝。起夜的罗家兴差点栽了个狗吃屎。

　　最倒霉的是余洁，本来是上调，想破了头的好事终于来了，特地选了个好日子搬家，却突然变了天。

让罗家兴跟着倒霉。

队长吴毛俚头天夜边收工时叫住罗家兴，让他二天帮余洁装船，然后跟船到江对面的梅家洲，余洁的男人会在那里接她。他随船返回洲上。

劳力下了早工，天还像没亮一样。

大雨随时就会塌天一样泼下。

吃过早饭，罗家兴紧赶慢赶帮余洁搬家。行李是余洁自己收拾的，女人就是没有头脑，眉毛胡子一把抓，磨叽了好几天，到要动身了，还是乱七八糟散了一地。

二队到场部码头，虽不太远，但大包小包，大担小担，坝里坝外，坝上坝下，跑起来还是够费事的。

一上午，场渔业队机船上的几个人看着罗家兴一趟趟地肩扛手提满头大汗，笑他：

"罗家兴何时成的家啊？也没有请过我们吃喜糖。"

"莫吵死！"

罗家兴哼了一声，顾不上搭腔。

午饭过后，余洁搂着吃奶的儿子最后进了船舱。

岸上，罗家兴的那群狗跑来跑去躁动不已，不知是为主人高兴，还是生主人的气。

"都给我死回去！我夜边就回来了。"

罗家兴大喝了一声，在船尾一堆拉网上坐下，掏烟，手刚从口袋抽出，一包烟就被边上的船工抢去：

"来来来，喜烟！"

"狗日的，给我留一根！"

罗家兴大喊。那只烟盒是瘪的，就两三根烟。

洲上人没有几个不知道罗家兴的，一有机会就拿他开心。他是出了名的光棍，身边永远只有一群狗，跑前跑后围着他撒欢。三十啷当岁了，他永远只说自己二十五六。好像他的寿数在二十五六就打住了。他看上去起码是"二十五六"的一倍：板刷头，黑脸，雀斑，干瘦得像块老腊肉。他没法改善这些，就在牙齿上动脑筋，早年相亲多次失败之后，把门牙镶成了金牙。满以为金牙可以带来桃花运，没想到金牙更坏事：要命的是他克服不了面对女伢儿的紧张，眼睛鼻子挤成一堆，上下嘴唇一齐在金牙上发抖，像要吃人。女伢儿见了没有不往后缩的。

罗家兴从不主动接近城里来的新职工，尤其不敢接近他们中的女性，连正面看一眼也不敢。路上碰到，赶紧避开。实在避不开就把脸侧到一边。城里厚脸皮的女伢儿多得是，总是故意逗他，常常把他逗得脸红得要冒血，头死死低着，恨不得夹进胯裆。

只要周围没有女伢儿，罗家兴就哼哼唧唧：

> 天上星子朗朗稀，
> 莫笑单身穿破衣。
> 山上树木有长短，
> 江里涨水有高低，
> 是人总有出头时。

罗家兴是在洲上的"五句头"中长大的。陈志做梦都想做作家——这是他有一天能离开洲上的唯一指望，荷包里总是装着笔和小本子，听到洲上人唱小曲就记录。缠着罗家兴唱了几遍，记下了，让他再唱别的，罗家兴说，别的？没有了，我就只会这几句。

……

> 是人总有出头时。

罗家兴接着哼。

"你何时出头啊?"

边上的人问。

罗家兴不理,径自哼自己的。他一天到晚好像都在做梦,看上去好好的,心思不晓得在哪里。一堆人嘻嘻哈哈,他也跟着嘻嘻哈哈,你突然问他这堆人刚才笑什么,他就一怔,茫然地眨眼。他脑子里好像成天转的都是和活计有关的事:往灶膛塞柴,在地里出沟,篙子插水,锄子挖洞,磨盘出浆,榫头钻孔,都能让他出神,间或没来由地"嘿嘿"一阵傻笑。众人老拿这些捉弄他,他并不恼,自己也老戳骂自己。塘里洗衣服,他一边拿盲槌猛击石块上的裤头,一边叹气:唉,又死了一堆。

"死了一堆什么啊?"

边上的老巴嫂问。

"伢子!"

罗家兴举起裤头,上面,夜里跑马的疤迹像地图。

"做过了! 活宝,死鬼,死流子!"

老巴嫂们"嘎嘎"乱笑。

闹归闹,狗肉包子上不了席面。一来正经的,罗家兴就缩了舵。

二

"吴毛俚这回是存心让家兴走桃花运了。"

"屁个桃花运,饭甑边上饿死人,看得到吃不到。"

"过个眼瘾也是好的。"

几个船工鸡一嘴鸭一嘴,对罗家兴挤眉弄眼。

"莫吵死!"

罗家兴的脸居然红了。

船舱里很安静。怀里儿子一声发梦，余洁赶紧把奶头塞进他嘴里，然后船舱就又无声无息。她大胸宽胯粗腿，一条油黑发亮的大辫子拖到鹅一样的翘屁股上。

"这种女人会生伢。"

老巴嫂背后叽叽咕咕。

男的眼馋余洁的丰满，好像过年杀猪才能见到的大肥肉，看着就想啃一口。

听说余洁的男人在城里，但她去城里生了伢儿又抱着伢儿回来，来去都是一个人，从没有见她男人到洲上来过。洲上人私下说那个伢儿是私伢儿，传她跟过许多男人，只是脸上假正经，像个高级干部。男怕新鲜女怕困，闷声不响的女人是最骚的。也是出鬼的事，越是这样的女人，越是让男人心痒难熬。她这次往回调，不消说又是得了哪个男人的力。

最早是市里的干部，后来到了总场，最后到了二队，一步一步走下坡。来二队前，场部交代，余洁还是国家干部，要适当照顾，最好有单独的住房。新职工宿舍早就挤得屁都打不出。吴毛俚安排劳力把新职工食堂的披厦清理出来，安置了她。让她在食堂管账，不用下地。

每天早上挂在坝头树丫上的钟一响，余洁就跟上早工的劳力一样起床，去灶间帮忙。她手脚慢，但细致周到。自从她来了，厨房里外地上再没有积水，灶台、案板、缸沿、门窗再没有灰尘。她从不多事，也不拿架子，虽然脸总板着，但不是傲气，对哪个都客客气气。多数时候，她都一个人窝在披厦里。

老天爷好像觉得罗家兴这辈子太寡淡了，非要让他有点故事。

吴毛俚也是瞎扯淡，偏交了他一脚尴尬的差事。好在船到了梅家洲，帮她把行李搬上岸，他就跟船回来。

船还没出江湾，闷了大半天的雨突然暴发。暴雨连成整块，对面的江岸、县城、山，转眼没了影。几个船工"呼啦"一下各忙各的，狂风掀起恶浪，船忽而蹦上浪尖，忽而跌进浪谷。船舱里，细伢儿一声惨叫，惊得罗家兴从拉网上跳起，咬咬牙，战战兢兢推开了舱门。

余洁脸色煞白，一只手死命搂着儿子，一只手绝望地在空中乱划，想要抓住什么，极力不让自己滚到地上。罗家兴一把抱过细伢儿，捏住余洁那只乱划的手，帮她抓住窗沿。

才缓过神的余洁要死要活地呕起来，把中午吃的一点东西连着黑黄的酸水吐了一船板，船舱里一股恶臭。倒是细伢儿奇了怪，躺在罗家兴怀里安静得像只乖猫，大圆眼睛像娘，睁得老大，有点惊讶地盯着一张陌生的黑脸，像在动心思：一个人怎么会有发光的牙齿？

谢天谢地，船底在硬地擦出"嘁嚓"一声，船差不多是被浪抬着，靠了岸。

大雨中的梅家洲，一个人毛也不见。之前说好，余洁的男人上午带着车子从市里出发，中午就会到梅家洲渡口，现在都过了半下午。明显是在路上耽搁了。

几个人帮着把余洁的行李搬下船，堆在一个土坡上，从船上拖出一大块油毡布盖上。一只装化肥的透明塑料袋，剪开一边，从头套下，当了雨衣。余洁抓紧袋子边缘，横着身子，弓着腰，胆战心惊地一步一步移下跳板。罗家兴抱着她儿子，站在跳板下，想扶又不敢上前。

余洁在那堆行李上坐好，罗家兴手伸得老长把细伢子递给她，头也不回地走开。

"看你怕成那样！"

回到船上，几个人讪笑：

"她是母老虎？会吃了你啊？"

"莫吵死！"

罗家兴心神不定。

空空荡荡的梅家洲头，越下越猛的大雨中，坐在那堆坟头样的行李上，抱着儿子披着白塑料袋的余洁，像是披麻戴孝，吊丧。

跳板刚刚抽起，忽然看到余洁立起：

"家兴同志！"

声音细弱凄惨，在"哗哗"的雨声中颤抖。

船上的人一下蒙了，好像刚刚发现，他们把一对孤儿寡母抛给了荒洲野地，狂风暴雨：

"造孽……"

"给我！"

罗家兴一把夺过身边船工正在撑船离岸的篙子，一撑竿跳下了船。

三

梅家洲是长江和鄱阳湖交合出来的，像一张尖嘴，插在江水和湖水之间。没有圩堤，任四季水涨水落。秋后枯水，附近生产队在这里种了越冬作物。现在，油菜开花，一眼看不到边的鹅黄，围住了坡上孤零零的看场人公屋。最近的屋场离这里起码有四五里地，快收油菜了，要有人日夜看场。

罗家兴在铺天盖地的雨中蹚过油菜林，敲开公屋的门。

看场人是个老倌，酒喝得红头涨颈，还没听完罗家兴的话就"嗒吧"舌头说：还啰唆什么？快些接大妹子、侄子进屋。

一切停当，老倌才搞清楚：他们来躲雨，是为了等城里来的车，那车该到的时间没有到，也不知何时能到，眼见得已经快夜边了，只有从市里返回的车，难得有去市里的车，有也是满载，没法让人搭便车。

"莫怕，我回屋场跑一趟。"

老倌的酒完全醒了。他让余洁告诉他电话号码，他队上有人在公社做干部，可以跟城里联系，万一联系不上，公社每天早上有车进城拉货，可以捎带他们。

"你们一家子就安心在这里等。锅灶、床铺、柴米油盐，都是现成的。接你们的车若是没来，你们就在这里过夜；若是来了，你们只管走人。"

老倌走了。余洁儿子吃足了奶，在被窝里咂吧着嘴睡了。屋里就醒着两个孤男寡女。

罗家兴是头一回在一间这么狭小的屋子里这么逼近地单独面对一个女人。屋里有一种罗家兴从来没有闻到过的不明不白的气味：像奶香，又不全像，特别惹人，想用力嗦鼻子，又不敢用力。

"家兴同志，谢谢你。"

余洁幽幽地说。她在二队住了快一年，始终像是做客的，对谁都客客气气。她的声音绵绵的，软软的，蜜糯了。一个女人不要费一丝力气，单是这样的声音，就足可以把一个蛮牛样的男人放倒。

那个透明塑料袋早给风撕烂了，余洁像只落汤鸡。

罗家兴眼睛没处看，偏着头说：

"我去看车来了没有。"

雨总算要歇了，窸窸窣窣。风好像不甘心，一阵一阵地刮骨。最后一趟轮渡离开渡口返回对面的县城。从渡口伸向市里的车道像一条死蛇在昏暗中弯弯曲曲。

罗家兴其实也是一身透湿，却跟鬼找上了一样，不冷，从脑壳到脚指头，一股邪火乱窜。他不停地甩一甩脑壳，像是要把一块谁都想啃一口的大肥肉甩出去。

隔着湖口，对面县城人家的灯纷纷亮了。听不到声音，但可以想得到一家家灯下围坐过夜的快活。罗家兴记得事的年纪娘老子就不在了，姐姐带着他出嫁，可以当劳力了，就一个人跑来江洲做工。这么多年，出门一把锁，进门一盏灯，一个人吃饱全家不饿，倒也撒脱。就是夜里床上，辗转反侧，毛焦火辣，浑身难受，想抓没处下手，想啃没处下牙，叫天不应，叫地不灵，恨不得把屋顶戳个洞。

一个个老巴嫂热心热肠，一次次竹篮打水一场空，慢慢就心灰意冷。

"这是命。"

她们说。

罗家兴也认了：这是命！

江上没有遮挡的夜风越来越大，罗家兴终于忍不住一阵阵寒噤。若不想死在这荒洲野外，只有回那间公屋。

门边留着一条直缝，罗家兴抓紧门扇，一点一点推开。门没有响，反而是自己的心"别别"响。

屋里拉起了绳子，挂满了女人的湿衣裤和细伢儿的尿布。桌上亮着一盏油灯，灯下压着一张白纸，上面画了一碗米饭，一个箭头，一口大锅。意思很明白：饭在锅里。

罗家兴心一热。这个女人看起来从不多事，是怎样晓得他不认字的？

暗处的床铺上，搂着儿子的余洁发出轻轻的鼾息。这一天，她应该是最累的——心累。

"是家兴同志？"

余洁忽然醒了。

罗家兴从头到脚触电似的一掣，不敢回话。

……

夜冷……

……

吃过饭你可以到铺上来。

……

我没有别的意思。

……

门重重一响。罗家兴在屋外带上了门。

四

雨不知什么时候停了。天深蓝，像水洗过，只有朗朗的几点星光。

市里来接余洁的车今夜明显是没有指望了，若是明天还不来，那个老倌找到公社进城的车是笃定的。万幸遇上了一个活菩萨，这是余洁的造化。她明天上车去市里，他就转头去渡口搭轮渡，过湖口，到县城坐场里的渡船回江洲。一块大肥肉就没有了影形，再也馋不了他。

天上星子朗朗稀

……

是人总有出头时

……

出头？出个鬼头！

罗家兴心里一阵凄惘。

月到十五自团圆

一

陈志到场广播站上班没有几天，场办梅主任让他去一趟后场乌龟洲，新上任的一把手指示，这个新成立的分场，许多人的思想情绪一直不太稳定，采访报道一下，给他们鼓鼓劲，尤其是罗家兴这样的积极分子，要好好宣传。

因为江南是本省，江北是外省，洲上把朝江南的一边叫"前场"，朝江北的一边叫"后场"。乌龟洲是后场尾巴上新冒出的一个小沙洲，农场决定把它围起来，扩大棉花地。新的堤坝必须在头一个冬天突击到洪水的警戒线以上，要不然春汛一来就会泡汤，白干一场。农场因此抓得很紧，把所有能集中的劳力都集中到了乌龟洲，搭起茅草工棚，地下铺上稻草，中间用两行树筒子隔出一条路，男女各睡一边。全场劳力连着几年冬天拼上性命，总算挑起了圩堤。之后，从后场的分场划拨了几个生产队组建了乌龟洲分场，自然属于后场。乌龟洲的人有意见：凭什么只有后场的人去乌龟洲，前场的人高一等？场领导想想也对头，就在前场动员。说是"动员"，基本是直接调拨。二队自愿去的，一个是龚有才，他是去当分场副场长。另一个是罗家兴，动员会上个个低着头，像发了瘟的鸡，死不吭气，让领导下不了台，他站起来，亮出一口金牙：

"我去。我光棍一个人，抬脚就可以走人。"

直接调拨的人里，本来应该有陈志，但也许是老天爷熬怜他，命中出了贵人。

知青大返城，几百号新职工走了，江洲再没有了胡喊乱叫的，干架斗狠的，打情骂俏的，偷鸡摸狗的，沉闷日子里的一点乱糟糟的生气好像都带走了。二队先前几十号人的新职工宿舍，只剩了陈志独守老营，每天拿根草索系住烂棉袄，在一堆空屋里飘进飘出。夜里收工回来，摸黑翻过堤坝，穿过江滩的树林，下几十丈深的江坎挑水，常常连人带桶滚下江坎。一个人烧一口先前几十口人煮饭的锅，一锅饭吃几天，馊到发臭。

二队就在场部旁边。县宣传组的熊组长在农场蹲点，夜里回场部路过，偶然发现了风都能刮走的陈志：床头一只齐腰高的棉花篓子里装满了乱七八糟的书，还写诗，眉眼鼻子给煤油灯熏得墨黑。之后，见到陈志的房门有亮，总会进去坐坐，也不多话，就是问问陈志是不是又写诗了，寄出去没有。有时候什么也不问，点支烟，一口一口抽着，抽完了，用脚把烟蒂在泥巴地上蹍熄，说，早点休息。就走了。

农场一把手跟陈志是同一批下乡的，开始也在二队，第二年就当了全省劳模。她的先进事迹陈志亲眼见过，对她从心里服气。他出工就只是为了赚工分，毫无远大理想，不可能像她那样站在家门口望到天安门。

省领导看到相关报道，下令成立省、地、县三级联合写作组去江洲采访报道。正在场里蹲点的熊组长负责联络协调。

为了配合写作组，农场出人收集素材。熊组长点了陈志的名。

陈志交来的素材，不光文字通顺，还蛮生动有趣。写作组直接就剪贴进大稿。那报道后来在国家大报头版整版刊登，陈志提供的文字基本没有改动。

写作组从省、地、县来的一帮笔杆子要离开江洲了，看着又要孤苦伶仃回生产队的陈志，不知说什么好。相处了三个月，就是一只小猫小狗也有点难舍了。

熊组长低着头，默默抽烟，抽完了，用脚把烟蒂在泥巴地上踩熄，又从烟盒里抽出一支。

写作组一帮人离开农场的第二天，场办来人喊陈志，让他去场部广播站做采编。陈志后来知道，这是熊组长给场领导提的建议：一来广播站的确需要一个采编；二来方便陈志到场部食堂用餐。

梅主任交代任务时已是半下午。他让陈志晚上采访，莫耽误采访对象上工。太晚了回不了前场就在那里过夜，分场有客房，他已经跟那边讲好了。

陈志立刻就动身。他蛮喜欢罗家兴。罗家兴去了后场，他们一直没有见过。二队的新职工除了笑话大金牙，没人把罗家兴当回事，只有陈志因为搜集当地民歌会主动接近他。那年罗家兴送余洁回城，在梅家洲不明不白地过了一夜，二天梅家洲那个看场老倌找到了进城的车，把余洁送去了市里，他转头去渡口搭轮渡，到湖口县城坐场里的渡船回到洲上，大家好一通起哄：恭喜他总算破了童子身，逼他交代跟余洁怎样狮子滚绣球、蛟龙钻深潭。他急得一跳三尺高，眼歪鼻斜口吐白沫。陈志看不过去，说：你这个人也忒实在了。有什么好急的！黄泥巴掉在裤裆里，不是屎也是屎。睡了你赚了，没睡你亏了，根本不需要辩白！罗家兴龇着金牙定定地看着陈志，眼睛里竟滚出豆大的泪珠子。

爬上乌龟洲大坝时，天已经快黑了。连着几年乌龟洲围堤，陈志一天都没有缺勤，现在站在绿草覆盖的大坝上，心里多少有些感慨。绿草空茂盛，人烟却稀薄。乌龟洲空空荡荡。只有新成立的分场场部和闸口机站的几间砖瓦屋。黑乎乎的一堆，冰冷肃静。后场划拨来的几个生产队，棉花地在乌龟洲，屋场仍在原地。宿舍还来不及盖，前场调拨来的劳力，暂时在这几个生产队老职工家里借住。

龚有才在分场场部等着陈志。乌龟洲分场的场长是总场一个副场长兼的，由分场副场长主持日常工作。当了副场长的龚有才而今是脱产干部，不消下棉花地，因而装束举止尽力接近城市标准，照那个昙花一现的徐晚园的葫芦画瓢：什么色的衣服配什么色的帽子什么色的鞋子，绝不马虎；裤子绝不皱皱巴巴，不知用什么法子，压出了刀口样的缝，走向一点不歪；说话更讲究水平，先讲什么，后讲什么，哪一句接哪一句，从哪里开头，到哪里结束，事先都一句句想好，用词和语气都极力像一个领导的样子。

"先用晚餐，晚上我找家兴几个同志跟你座谈。"

二

在分场食堂，陈志见到了老多儿。洲上许多人可以不晓得场领导、县领导、省领导，绝不会不晓得老多儿。

这位江洲的头号女名人，在厨房打下手。

老多儿是跟陈志一批从省城下来的，分在三队，住在同一排宿舍，只没有说过话。乌龟洲围堤，两个队的劳力住一个工棚，陈志有机会就近一睹她暴得大名的现场。

洲上从来没有见过那么冷的冬天。风又大，雪又大，搭在荒滩上的茅草棚子什么也遮挡不住。不到半夜，从各个缝隙里钻进来的雪就覆盖了地铺。那些落在露出被头的脸上的雪被热气融化，使一大片雪白上现出很规则的一长串圆点。早上起来，各人地铺头上的鞋子里灌满了雪，冻在地上拔不动。耳朵，手，全冻裂了口。一整天都挑着担子跑上跑下，脚一直活动着，还过得去，但睡了一夜，就冻肿得塞不进鞋子。

不到对面实在看不清人、扁担、锹镐弄不好就出事，队长就不喊"收工"。一天下来，浑身骨头像散了架，吃过晚饭，各人早早就钻了地铺，话也懒得说。也有不安分的，就开始讲怎样的是闺女，怎样的是破瓜；怎样的容易上钩，怎样的要费些功夫；怎样的好甩脱，怎样的惹不得。十个姐儿九个肯，怕只怕你嘴不稳……在黑暗里怪声怪气地笑着，让人听得止不住咽口水。说得正来劲的时候，突然打住，说：检查一下，旗杆竖起没有！每回讲完，总要提醒一句：各人保重，不要画地图，很伤神的。

然后棚子里就起了一片"叽叽嘎嘎"的坏笑。

冰窖一样的棚子里，难得有这点乐子，哪个还会跟自己过不去。

只有一个龚有才，每次都高声呵斥：粗俗！

龚有才切断烂李子脚筋的那次抗洪抢险后，分场提拔他当了二队的青年队长。

其实，洲上的女人们嘻嘻哈哈什么话都说得出口，比男人过火多了。男人还遮遮掩掩把那玩意说成"旗杆"，她们则毫无顾忌地直呼其名。新职工的女生多数闷声不响，只有老多儿笑得比谁都响，"嘎嘎嘎嘎"的像老鸭叫，特粗糙。

老多儿从小跟着老子在城里走街串巷捡破烂，争抢起来敢跟人玩命，完全不觉得自己是个女的。她喜欢喝酒，动粗，说脏话，起手动脚跟生猛男生一样。有一回一帮男生心血来潮，跳进江里玩裸泳，她居然也欢呼雀跃地跑过去，三下五除二把自己扒得像刚从娘胎里出来，吓得一帮男生屁滚尿流爬上岸抓起各自的裤头，四散逃窜。二、三队宿舍所有的女生都不沾她的边，她根本就不在乎她们，成天跟烂李子那班翻生剥皮的男生混。她心里最崇拜的是场篮球队的中锋大伟，睁眼闭眼都是他有棱有角的脸，膀子和胸脯上鼓得老高的大肌肉，满是黑毛的又粗又长的腿。龚有才有一回凑近她，笑她单相思，她瘪嘴：

"笑什么笑，我就是想他搞我！"

"可惜他搞大的是陈青的肚子。陈青是高中生，你小学没上几天。"

龚有才涎着脸嬉笑。

"那有什么，天下男人多的是。"

"对啊，我就是。"

"你也是男人？"

老多儿朝地上"呸"一口。

那天天快黑的时候下起了雨夹雪，收工照样不提早。隔壁公社今夜有电影，是新职工百看不厌的一部外国片子。

洲上放来放去就是那几部片子，鬼子进村的配乐、"汤司令"鼓着腮帮子说"高，实在是高"，几乎个个都能背能演。最抓人的还是这部外国片子，每次放到一男一女跳舞的那一大段，跟没穿衣服一样的洋婆子向后翘起一条光溜溜的大腿，绕着男演员转一个完完全全的大圈，一帮新职工就会跟发情的猪狗一样狂喊乱叫。

今夜的雨夹雪比昨夜还大。漫天风、雨、雪的呼啸却压不住那块"扑扑"晃动的幕布上发出的让人伤心又让人心跳加速热血翻滚的音乐。

看完电影，回到乌龟洲工棚已快半夜，一阵一阵大呼小叫的老北风，卷着雨夹雪，打在脸上生疼。一帮人吵吵闹闹地摸回来，老多儿的声音特别响特别欢。进了工棚她还嘻哈个没完。

工棚梁上吊着的马灯早灭了，一团漆黑。雨夹雪一夜没停，他们一直站在露天看电影，衣服全湿透了，男生问她有没有可以换的干衣服，她说没有。男生说那你把湿衣服脱下来，我们垫在铺上，睡一夜明天就可以将就穿了。

天亮前龚有才点亮马灯，轰大家起来上工。他已经知道，场领导很看好他，乌龟洲大坝围起之后，会新设一个分场，到时会让他当分场副场长。

男男女女大都爬起来了，只有昨夜看电影的几个人，还睡得跟死了一样。龚有才踢了几脚地铺头边的树筒，连喊了几声，见没人答应，弯下腰一把扯起被窝。

白花花的一堆肉，把在地铺中间的通道上一个接一个正往工棚外走的人看得心惊肉跳。老多儿也在那堆肉中间。两个男生从两边紧抱着她。

无论怎样解释，怎样辩白，都是多余的。

老多儿这辈子的结局，就算是由这个事件定下了。

乌龟洲上的六分场正式建立的时候，正赶上知青大返城，先先后后来农场的新职工，有的按政策走了，有的被县办企业招了工，老多儿既不是哪一年的"知青"，也没人敢要她。后场要人，她头一个就进了直接调拨的名单。她不吵不闹，百事无忧。只要还有不讨嫌她、她也不讨嫌的男人在身边，她就永远不缺快乐。

分场食堂就一个灶间，吃饭的地方各人自找。平时吃饭，就分场办公的加上闸口机站的，拢共十几个人。陈志随龚有才到灶上打饭，灶台后面歪出一张脸：

"鸡屎分子。"

是老多儿，她在灶后烧火：

"你也给人赶到后场来了？"

不是牢骚，不是幸灾乐祸，就是快活。老多儿的脸给火烤得通红，汗水流过额头上的锅灰，流出了一条晶亮的细沟。身边蹲着的一条凶神恶煞的大狗，"猜猜"吐着舌头。

"这里没给人赶来的人，都是自己抢着来的。"

龚有才像总场黄场长那样"咔"了一下喉咙，严肃说：

"放尊重些。陈志同志是场部派来采访的，回头分场开座谈会，你也讲讲来后场开荒播种的心得体会。"

"开荒播种？"

老多儿"嘎嘎"笑起来：

"那是男人的事。"

龚有才的脑子没转过来：

"女人也一样。"

"那倒是。不过我要是说出来，只怕鸡屎分子不敢写。"

老多儿的老鸭嗓子"嘎嘎"得更响了。在分场食堂打下手，轻松不说，还日晒不到，雨淋不到，养得白白胖胖，愈加窈窕风骚。她就像洲上最贱的霸根草，只要有日头和水土，在哪里都能野蛮生长。

"回头你只管讲！"

龚有才鼓励：

"开荒播种，最多就是流血流汗，有什么不敢写的。"

陈志默不作声。老多儿一笑他就明白了，洲上人最发达的就是这根神经——说什么都能跟男女连接上。龚有才或许是装憨，或许是太把自己当干部了，听不懂。

三

"参加座谈的人来之前，我先介绍一下基本情况。"

龚有才在陈志对面的床沿坐下。

从到乌龟洲的第一天就怎样学习中央、省、地、县各级的文件，落实场部各位领导的指示，克服万难打开工作新局面……到怎样亲自割茅草、砍树枝、打泥砖、和灰浆、砌墙搭屋架……说起，龚有才面面俱到，不厌其详。给人的感觉，乌龟洲的大事小情都是他一个人在累死累活，别人都是白吃干饭的。他的屁股好像给床黏住了，再没有起身的意思。

陈志不得不打断眉飞色舞的龚有才：

"我来前梅主任特意交代要好好宣传罗家兴。你可不可以讲讲他？"

正在兴头上的龚有才"噎"了一口，马上缓过劲来：

"对，讲讲罗家兴。这个同志的确很不错的，最大的优点就是听话，领导说一不二。领导说是灯他就添油，领导说是庙他就磕头。只要领导布置得头头是道，他就能一五一十给你做得毫厘不差。"

"你说的这位'领导'就是你本人吧。"

"这个分场目前就我在抓具体工作。"

"不是还有生产队领导吗？"

"生产队归分场领导啊。"

陈志毫无反应地看着特别想做新职工、也因此特别恨新职工的龚有才。现在，他眼睛里晃动的，就是烂李子狠命踢在龚有才心口的那一脚。

龚有才终于想起什么，"呼啦"一下站起来：

"对了，我去把罗家兴他们找来。这几个同志，下午我跟他们交代得好好的，到现在还没来，怎么回事啊！"

乌龟洲的夜晚，寂静得可怕。大概是龚有才引起的，几声狗叫，细微而怯弱，像哀鸣，很快就消失了。分场机站的柴油发电，晚饭后不久就停止了。桌上的煤油灯没有灯罩，小火苗在瓦缝钻进的风里呼呼颤抖。陈志懒懒地软在床上。进场广播站后，几乎每天都有各个办公室的人喊他去写总结，写报告，像一支插在墨水瓶的蘸水笔，谁想用谁用。回到二队，个个都喊他"干部"。他自己也很乐意，一心指望笑谈成真，起码是以工代干，跟广播站的其他几个人一样。果然就听到梅主任喊他，去办公室填表，表上最上面的一行大号老宋体的字是："干部登记表"。他的心狂跳起来，疯了似的找笔。摸遍了全身，翻遍了抽屉，什么乱七八糟都有，就是没有笔！一边的梅主任等得不耐烦，冷冷地说：你填不填？不填我把表拿走了。

"别别，梅主任！"

陈志哭喊，回答他的是"咚咚"的捶门声。

开门，陈志吓得倒退了一大步。在昏暗的光影中，龚有才一头冲进屋里，脸扭歪得狰狞可怖：

"老多儿来了？"

"她怎么会来我这里？"

陈志莫名其妙。

"这只母狗，见男人就骚。你是总场来的，她不会放过。"

陈志目瞪口呆。先前糊在这个人脸上的斯文，像干了的泥巴一样脱落得一点不剩。

龚有才自己像狗一样在屋里乱转了几圈，抱着头颓然坐下：

"我去她住处找过了，房东说她进屋换了衣服就出去了，说是去分场开座谈会。"

"你走时不说是去找罗家兴的吗？"

陈志纳闷。

龚有才从两只手掌中抬起头来，眼睛突然一亮：

"罗家兴！该死，我怎么没想到！"

像刚才捶门一样疯狂，龚有才跳起来，重又冲进门外的黑暗。

这次采访，无果而终。陈志当夜摸黑返回了前场。几天后知道，龚有才那天根本就没有通知任何人开会，他在食堂让老多儿晚上参加分场座谈会，是想把她留在分场过夜。

老多儿调拨到后场，先落在生产队，龚有才把她安排到分场食堂，拿出一间分场客房做她的单人宿舍。她爽爽快快地来了食堂，却不住客房，跟其他前场来的人一样，借住在后场老职工家，每天带着一条恶狗来来去去。

那条狗，是罗家兴养的那群狗里最猛的。

再后来，听到了老多儿嫁罗家兴的消息。结婚那天，来贺喜的打歌人唱了曲：

　　　　　打个呵欠望青天，
　　　　　我打单身几多年。
　　　　　黄连树上吊苦胆，
　　　　　苦上加苦真可怜。
　　　　　何日能与姐团圆。

　　　　　莫打呵欠莫望天，
　　　　　你打单身有人怜。
　　　　　地里甘蔗抽了叶，
　　　　　该到甜时就会甜。
　　　　　月到十五自团圆。

最高的山墙

一

　　谢宜修像一张活动的照片，永远是一个表情。一堆人里有她跟没有她一个样。她也尽可能跟人群保持距离。上工下工，要么前面，要么后面，她总是一个人，跟大伙隔着一段路。在地里做事，她手脚不是最快的，也不是最慢的；不跟人拼命，也不挨懒拖沓。收了工，新职工的宿舍，男男女女放了羊，闹成一团，吵翻了天，她不看，不听，不加入，也不躲开，倾着头，一心忙自己的。她好像总有忙不完的事：洗洗晒晒，缝缝补补，收收捡捡。

　　新职工的女伢，一有机会就跟分场、总场的干部搭壳，胆大脸皮厚的，夜里一堆人围着一盏煤油灯听总场干部念文件，就紧挨干部坐着，直接把手从桌子底下伸到干部胯裆里。

谢宜修每次都坐在一圈人外面的暗影中，不管那一堆人又哭又笑，拍手顿脚，她都没有动静。散会，她从不头一个站起，等大家都起身了，才跟在一堆人中间走出去。连跟个人收入有直接关系的评工分，也听不到她的声音。评上多少是多少，从来不吵。评先进，入团，参加民兵，就更没有她什么事，没有人找她，她也不找人。她身上有一种隐隐约约的寒气，让人不好接近。她也不接近别人。大家只隐约听说，她父亲手下有过千军万马。她身上那股寒气，应该是从父亲那里带来的。

歇坡的时候，几个凑一堆共用一根竹烟筒轮流抽黄烟的老倌偶然看到从面前走过的谢宜修，说：这女儿命苦，孤寡。

谢宜修没有听见，听见了也像没有听见。

三队另一个一个孤寡角色是张可凡。说是个男的，头发跟女的差不多长，荷包里永远搁把梳子，一有空就拿出来梳头，梳一把用巴掌拢一把，把个大披头搞得水亮，苍蝇站不住脚；两边的鬓角一直伸到腮帮子。脸刮得铁青；不管天怎么热，一身上下都包得丝风不透：衬衫领口和袖口绝不解开；瘦裤腿把两条细脚杆子弄得像笔管；尖头皮鞋的鞋带绑得牢靠。

张可凡害怕任何人碰他的东西，包括漱口缸子、牙刷牙膏、香皂剃刀、脸巾脚布；他的床铺不许有一个褶皱，床沿铺着一块浴巾，坐脏了随时换洗。有人走近他的床，他就心惊肉跳，生怕那块浴巾被污染。

大家也就恰恰以此为乐：只要他走开一会，他那张床就被踩蹦得跟狗窠一样；一大块香皂没有几天就变成一小片；新买的牙膏转眼就不见，找了半天，原来在他床沿上的浴巾下面，已经被他自己坐扁了，牙膏都从针扎的孔里挤出；雪白的脸巾总是会闻到一股臭脚味儿；锃光瓦亮的漱口缸子盛满了臊烘烘的黄汤……他张口结舌，脸色惨白，半天说不出话。这正是那班作案的火板儿想要的结果，他们躲在一边死命压抑着声音，笑得直不起腰。万般无奈，他就只好掏干净身上的零花钱，一个个向大家敬烟，敬烟时还点头哈腰。岂不知，越敬越倒霉。大家把他的孝敬当作进贡，为了得到更多贡品，就让他更多地倒霉。

三队的老老少少都喊张可凡"戳屎包"。

用压泵喷雾除虫，让他负责供水。他双手抓着扁担，哆哆嗦嗦，前冲后仰，一担水好不容易挑到地头，已经晃出了多半，落地的时候，后面一桶忽然滑出扁担头，扁担失去平衡，飞起老高，他自己也往前栽个嘴啃泥。

棉花地锄草，他的锄子只挖棉花，就是不挖草。队长朱癞痢气得癞痢头通红，大骂：你眼瞎了啊，指头粗的棉花秆你看不见？叫你锄草你锄棉花做什么？他被骂得双手发抖，小小心心地下锄，一挖，还是挖断了棉花秆。

朱癞痢当胸一掌把他推了个趔趄：

"你长这一头毛有什么用？！"

张可凡抬眼看了看队长的癞痢头，赶紧低了头。

"听说你还上过大学？"

"上过。"

"那你说，你会什么？"

"我会哆唻咪发唆拉西哆。"

张可凡嗫嚅。

一棉花地累得贼死的人顿时一阵轻松：

"拉稀多！拉稀多！"

"拉稀？还多？"

朱癞痢很困惑：

"那你就蹲下，拔草，想拉稀就拉稀。"

给张可凡定的工分是四分半。最低的工分标准是五分。

鬼都看不起张可凡。有空他就只好去江边吊嗓子。

江面很阔，对面一线山影，帆船像贴着水面飞的鱼鸟。张可凡"呃呃呃呃"的声音传得很远。江风刮过，听起来像喊冤，像号丧，像叫魂。

听着张可凡狗不像狗叫，猪不像猪哼的怪声，坝头上走过的人都会丢一句：

"戳屎包。"

二

要过年了，新职工回家探亲，一个个大包小包：决算分红的花生、芝麻、黄豆、棉花，不多，也不值钱，但到了城里，都是稀缺的宝贝。

谢宜修居然是一大担，压弯了扁担。

挑担的是吴老六！

吴老六是二队队长吴毛俚房下的侄子。娘老子一口气生了五个儿子，等着再生两个女儿——洲上的大圆满讲究"五男二女"。生到吴老六，还是个带把的，懒得起名字。

一家六个儿子，个个莽长莽大，赛似金刚。前面五个，都在外面成了家。老六是满崽，留在身边。

吴老六不到二十岁就是二队拿满分十分的劳力。他说话做事都梭别，一阵风，快刀斩乱麻。队上人上工一条龙，下工一窝蜂，他永远在头里。在地里，从来没有人见他坐过。歇坡，一帮人嘻嘻哈哈，大话闹天，他瞪着眼睛莫名其妙，看一阵，径自拿起锄头或是扁担又去做事。场部下来蹲点的黄场长搞定额包工试点，按件计工，正对了他的路。他有用不完的力气，技术又全面，没有他拿不下滩的事，一天赚两三个人的工分。他生下来好像就是来做事的，一天到黑，吃饭睡觉之外，除了做事还是做事，跟人没有争执。若是你惹毛了他，那就莫怪。

下半年，棉花收上来，各队把晒干的棉花装上牛车，送场里的轧花厂。吴老六赶着牛车，把摇摇晃晃的一大车棉花拉到接近轧花厂的坝头，被前面停着的一长串也是送花的牛车堵住了。他跳下车杠，跑到前面，看到下坝的斜坡口上，一辆满载的牛车，牛卸了轭，在斜坡上啃草。

"哪个的车？"

吴老六喊了好几声，蹲在坝头抽烟的一个人回过头：

"我的。"

是三队队长朱癫痢。

"车坏了？"

"我要抽根烟。"

"抽烟？堵许多车！"

"我只能在这里抽！你看看下面。"

"下面？"

"你瞎眼了？墙上的字。"

坝下，轧花厂大车间的墙上顶天立地写着"严禁烟火"。

换做是别个，会对朱癫痢说：那你也莫堵在路头上啊，少走一脚多走一脚哪里不好停车？

吴老六没有许多话：

"你抽烟，我把你车赶到下面去。"

说着就去牵牛，上轭头。

"莫动！"

朱癫痢吼道。

"你讲不讲理？"

"不讲理！怎样？"

朱癫痫把烟头摔下，伸脚用力一踩。他在场里的威风，哪个也不能挑战。

有一年，各队壮劳力去江里起化肥，一帮人起哄打赌。朱癫痫用嘴咬着两袋各一百公斤重的麻包，手倒背在身后，踏着没有起运的化肥，从船舱走上船头。船上别的人都停下来，憨了一样睁大眼睛张着嘴巴。反而是朱癫痫本人显得轻松。

朱癫痫光着上身。鼓鼓凸凸的肉块，随着身子的弯曲，扭动，伸展，起起伏伏。在晃眼的阳光下，亮部和暗部都极为鲜明。都说，把这个蛮子钉进棺材，他可以从里面把棺材撑开。

朱癫痫走下船的跳板之后，并不沿着人们已经踏得十分坚实的那些坡度平缓的路径走，而是在那些错错落落的坍塌的江坎土块上笔直往上走，脚后跟响起一片碎土的滚落声。上了江坎，过了江滩，走到坝脚下，他也不像别人那样斜着走，仍是笔直上坡。

一直走上大堤。

站住。转过身。面对所有在坝下仰望着的人。然后，松开牙齿。然后，直起腰，露出雪白的几乎没有缝隙的牙齿。那牙齿，曾经有一次打赌咬断过八号铁丝。

先是静默。随后是一片欢呼：

"痫痫！"

"痫痫！"

"痫痫！"

这次打赌，朱癫痫赢了三十个拳头大的麦粑、两斤红烧肉、一斤烧酒，他一口气吞个精光，之后还喝下去整整一水瓢米汤。

那天吴老六也在，他从头到尾不看周围发生的事，天塌下来也跟他不相干。

"把轭头卸下来！"

朱癞痢喊。

吴老六跳上车，一抖牛绳。

朱癞痢冲过去，伸手一把扯下牛杠上的吴老六：

"下来！"

吴老六落地，"咚"的一响，稳稳站住。

朱癞痢当胸一把猛推吴老六。

"莫起手动脚。"

吴老六纹丝不动。

朱癞痢那一把像是推到了墙上，火了，又推一把。

这一次吴老六抓住了朱癞痢的腕子：

"真的假的？"

朱癞痢挣了一下没挣动，又伸出另一只手。

吴老六一并抓住：

"莫作死。"

朱癞痢的脸由红变白，然后煞白，全身一软。

从后面堵着的一长串跑过来赶热闹的众人，眼睁睁看着朱癞痢栽在吴老六手上，霎时憨了：

"果然天下只有第七没有第一！"

但是，这样的事，不过是一种意外，而谢宜修跟吴老六搭上了壳，就不只是意外，而是出奇。

吴老六把谢宜修一直送到班船上，把索子在扁担头锁紧，就下了船。船到县城码头，谢宜修照吴老六的叮嘱，坐着不动，等下船的人走差不多了，就见从码头上下来的一个跟吴老六一样的大块头走到船上，说，我是老五，来接你。

老五是司机，跑长途货运，直接把谢宜修送回省城的家。

若是一般的帮忙，没有这么周到的。

三

正月，农事空闲，要做屋的人家就在这时开工。

吴家城里的五兄弟都带着家眷回来了，他们各家早已做了屋，五幢屋在二队的屋场一字排开，一色的清水砖，黑绵瓦，齐齐的山墙比屋场所有的山墙都高。五幢屋的顶头，留了一大块屋墩给老六，做屋的料也是早就备好了，只等他定了亲就动工。

满载做屋，特别排场。

做屋，结亲，死，是江洲人一生三件最大的事，皆不能敷衍。一家做屋，队上家家出人帮工，这是习俗。城里新职工则自便，愿来就来，不愿来不强求。二队探亲回来的新职工都来了，一是顿顿有鸡鸭鱼肉，油水厚。二是吴老六做屋，是跟谢宜修定了亲。

事先一点口风也没有，平时又少有交道，见到在吴家忙忙碌碌的谢宜修，大家一时竟不晓得说什么好。

做屋有许多仪式：奠基、挖墙脚、立门方、上梁、盖瓦都要喝彩。每喝过一道彩，谢宜修就挽着一只竹篮给每个人分块麦粑或是发饼。她穿了一身当地老巴嫂腋下开襟的新棉袄，头上包了块手巾，举手动脚还是个新职工，一向板着的眉眼有了一些灵活。

仪式十分冗长，又单一繁复。队上的老职工倾着头，一心喝酒吃粑。城里来的人有些烦了。新职工因为是吃白食，不好多嘴。先是吴老六的一大帮侄子不肯安生，满屋子疯跑乱撞。嫂子们跟着坐不住了，嘀咕：不是要请戏班子的吗？

"老六安排好了。"

谢宜修说：

"一会请大家欣赏。"

除了吴老六，没有一个人想到谢宜修请来了张可凡。

张可凡出现在屋场上的时候，所有人倒吸了口气，满场鸦雀无声，好像是给惊吓住了：

一身笔挺的黑西装，雪白的领口扎着鲜红的蝴蝶结，笔管样的裤管下尖头皮鞋闪闪发亮。长发蓬松，大鬓角把涂了油彩的脸衬得格外神气，怎么看也不像那个天天被大家捉弄、当下饭菜、寻开心、造锅巴蕈的戳屎包。

> 喝吧，朋友们，美酒能使我们陶醉！
> 喝吧，朋友们，把一切烦恼都丢开！

张可凡扬起双臂，亮开嗓子：

> 尽情地喝个痛快，
> 把所有忧郁都忘怀！
> 干杯！干杯！为一时的异想天开干杯！
> 干杯！干杯！为瞬息即逝的幻想干杯！
> 干杯！干杯！为昙花一现的欢乐干杯。

在这样地方，这样的人群中间，张可凡的样子很古怪，很可笑。但没有人笑。他的光彩照人，他的作古认真，他的全力以赴，镇住了大家。

老职工不晓得他唱的是什么，但是晓得一个人能发出农场喇叭里那样好听的声音不是容易事：难怪老是听他叫冤，叫魂，号丧。

新职工有几个晓得他唱的是歌剧《茶花女》，吴老六二哥两口子都在大学教音乐：唱得还真不错！他们低声赞叹。二嫂忍不住站起来，走到张可凡身边：

喝吧，朋友们，别虚度了我们的青春！
喝吧，朋友们，我们的生命由欢乐和爱情组成！
明天会怎样，谁都难预见。
无论多么美丽的花儿，
鲜艳的日子也过不了几天！
盼望，遐想，憧憬，都将是黄粱一梦……
干杯……玻璃杯的叮当声，决不会吓走爱神！

二嫂绝对专业的对唱，让过了年继续下队蹲点的黄场长也拍起巴掌来。

这样的生活是多么美好。
……
是的，爱你的人是多么快乐。
……
谁会爱我呢？我根本不知道。
……
是我，我这是在劫难逃。
……

那顿饭，从来滴酒不沾的张可凡连喝了几碗。碗是乡下的土碗，酒是洲上的土烧，刚喝没什么事，后劲厉害。那天回到宿舍，他一通翻肠刮肚地呕吐，只差没有把肠子呕出来。呕吐完之后，就是一通号啕大哭，不晓得的人以为他刚死了娘老子。

在酒桌上黄场长对张可凡交代：

"回去跟你们朱队长讲，就说我讲的，调你去场文工团，回头去场办开个介绍信，这两天就去报到。"

黄场长说话的时候，不时扫一眼吴家城里来的五兄弟他们，很威严地清一下嗓子：

"不过，你要剪一剪头发，刮一刮鬓角，莫像现在这样三分像人七分像鬼。"

"这下好了，戳……张哥一步登天！恭喜恭喜！"

平时一口一个"戳屎包"地喊张可凡的那班人乱糟糟地端起酒碗，意外，眼红，真心真意，都有。

最惊喜的是谢宜修。

年前回去，才知道母亲已经住院两个多月了，大手术，自己硬熬着，不准上小学的儿子给姐姐写信。幸好护士马姨听说谢宜修也在江洲，跟她儿子一个农场，格外照应。见到谢宜修就问知不知道她儿子张可凡？

"知道。"

谢宜修说。她还知道农场里谁都可以欺负张可凡，但她不能把这些告诉马姨。

"他太懦善了，一个人会很吃亏的。"

马姨说着眼泪就掉下来。

"……"

谢宜修不知该怎样安慰她。

"从小他就只喜欢唱歌，千艰万难考进了艺校，又给人家开除了。"

开除的原因是"调戏女同学"：进校第二年，学歌剧《茶花女》，有天晚上离开排练室，他看看走廊前后没人，忽然从怀里抽出一枝花，单膝跪下，拦在那个跟他演对手戏的女生面前，把人家吓得惊叫。那女儿特别求上进，刚写了入团申请书，觉得受了侮辱，直接去校长那里哭诉，伤心得像是被强奸了。

"他其实单纯得像个婴儿，一点坏心也没有。你们同事，要是帮得上就拜托多帮帮他。"

马姨瘦削白皙的手冰凉，小小心心地捧着谢宜修已经有些粗糙的手。好像谢宜修是救苦救难的观世音。

四

谢宜修帮张可凡的忙，也就是做屋的那一次。张可凡正儿八经高唱一曲之后，大家不再喊他"戳屎包"了，连朱癫痢都说：没想到我这里还卧虎藏龙。

但张可凡没有照黄场长的调动去场文工团，因为他打死也不肯"剪一剪头发，刮一刮鬓角"。朱癫痢再不难为他，让他在食堂灶前烧火，菜地浇水。后来他被当作"特务"打断脚骨子是别的分场人做的事。再后来他跟着大伙回了城。

农场有人在码头上遇见过张可凡。他挂着一根洋式的手杖，站在江堤的矮墙边抽烟，还是一头的长发，还是大鬓角，嘴里吐出一个接一个的烟圈，洋味儿十足。见到熟人，他很客气。如果是个男的，就拉到僻静地方，递上一张名片，说："想要，就打上面的电话。"

二队一直没有回城的除了省城孤儿院来的张社宝，就是谢宜修。某年有记者来采访，问她为什么嫁农民，她只回了一句：

因为我不如农民。

谢宜修跟着吴老六生了一堆儿女。她父亲被政府特赦释放后，吴老六把岳父岳母一块接来了江洲，在屋场上山墙最高的那幢大屋里安享晚年。

农场改制后，江洲的青壮年许多去了经济发达的外省。谢宜修跟吴老六商量，把抛荒的地都租下来，六兄弟贷款集资，盘下倒闭的轧花厂，一年后又办起纱厂，注册了江洲棉业公司。

这些都是后话，不赘。只简单交代一下两个人物的下落：一、朱癫痫做了公司保安的头；二、去找过张可凡来公司的小剧团，张可凡头摇得跟拨浪鼓一样，一脸恐怖：回江洲？

吴家人财两旺，洲上人说：还真莫不信，那是得力他们家的山墙高。

冬天天晴，屋场上的日头好。谢宜修每天端把躺椅放在门前的暖阳里，让父亲晒日头。看着女儿一天到晚风风火火地忙进忙出，父亲有一次喊住她，问：

"跟爸说句实话，你真的开心吗？"

谢宜修怔了一下，答：

"开心啊，为什么不开心？"

父亲抓过她粗糙发黑的手：

"爸对不住你，苦了你了！"

老泪纵横。

落子无悔

老潘凡事都有先见之明：

"伢儿你莫憨，世上没有后悔药吃的。你这一脚走错了，搞不好就是一辈子，退不回来的。不是悔棋！"

在江洲，轧花厂厂长老潘下棋无敌手。他让花痴一个车，花痴还是走不赢。花痴不信邪，没事就找老潘杀一盘。老潘每次都说：杀一盘可以，先讲好，落子无悔。花痴每次都发誓：当然，悔棋是小狗！但常常眼看着要赢了，关键一步总是出错。本来憋足了一口气，下到这时候，已是心跳加速，手发抖，子一落，听见老潘哈哈一笑，发现自己错了，不由分说把已经落下的棋子抓起来，老潘不让：落子无悔！他急得眼泪都要出来了。

"行行行，你悔吧悔吧。不过就只能悔这一回，绝没有二回！"

老潘什么都看得，就是看不得眼泪。二回看到眼泪，还是让。

花痴偶尔赢一回，就得意得不晓得自己几斤几两，"呃"的一声爆发出大笑。他的笑跟所有人都不一样，嘴巴张得老大，不断往上抻脖子，有节奏的"呃呃呃"，一声比一声高，跟鹅叫一样。

老潘拉下脸子：

"你是鹅啊！"

花痴"呃呃呃"得更厉害了，根本收不拢嘴。

在轧花厂，老潘和花痴特别接近，有点像父子。原因有三个：

一个，是师徒。两个原来在江北一家街道工厂，厂子散了，听说江洲办轧花厂，需要技工，就跑来了。图的是有月工资，粮食定量差不多高一倍。

二个，形象都各有明显特点。老潘永远是昂首挺胸，衬衫雪白，领上的扣子把颈掐得格紧，像是出操。轧花厂跟分场平级，他的样子比总场的黄场长还像总场场长；花痴并不痴，就是老斜着眼，一副痴相，想诗，天才在思考。一分场二队的陈志只是二队的"鸡屎（知识）分子"，花痴可以讲是江洲的"鸡屎（知识）分子"。

三个，老潘和花痴都喜欢全厂大会。老潘可以过作报告的瘾，花痴可以过笑话人的瘾。老潘最佩服的是总场的黄场长。黄场长每次来轧花厂都要讲半天亚非拉风起云涌，老潘听得最认真，侧着脸，眼巴巴地盯住他，生怕漏掉一个字，恨不得连咳嗽都要记住。黄场长没来，老潘就开大会自己讲，昂头，瞪眼，挥手，顿脚，一招一式着力模仿黄场长。没等他过足瘾，坐在下面人堆里的花痴就打断他：

"请潘厂长先给我们讲讲明白，什么是亚非拉？"

"小学你总上过吧？世界有五大洲，应该晓得的吧？亚非拉就是五大洲里的三大洲。"

老潘顿了一下，眨眨眼，举起巴掌，一个一个的扳着指头历数那三大洲：

"一个亚洲，一个非洲，一个拉洲……"

花痴标志性的"呃呃呃"一泻而出，一声比一声高，根本收不拢嘴。

老潘气得脸发乌，又无可奈何。

气归气，散了会，还是喊一声：

"夜里去杀一盘！"

棋盘上，花痴只有苦脸，没有"呃"。

老潘对花痴根本恨不起来，遇到好事，他头一个想到的还是花痴。

县里来了推荐上大学的名额，去的是大城市名校。去年是两个，都给了总场广播站。今年只有一个。总场决定下面企业和农业各推一个人做预选，二挑一。企业推的是轧花厂的花痴；农业推的是良种站的杨小影。

"如果只能去一个，那就杨小影去，不用挑。"

花痴毫不犹豫。

杨小影老家跟花痴一个县，有个亲戚在江洲良种站当兽医，六九届初中毕业，学校组织去老远的北大荒插队，家里找到这个亲戚，让她来了江洲。花痴跟她是在县文化馆的文学培训班认识的，培训班结束，两个人的诗都在专区文化馆的内部刊物发表。

那时候全国还没有公开的文学刊物，写了诗还印成了铅字的就特别惹眼，在场里出了名。正好大学给的是中文系名额，总场就决定在他们两个中挑一个。

花痴相信自己以后的机会比杨小影多，杨小影发表的那首诗，其实是他写的。另外，他向杨小影发过誓：如果她的钻石戒指掉进了海里，他立刻就会跳下去——这个典故出自他们一起看过的一本外国诗集。

这些都是老潘不知道的。他完全是咸吃萝卜淡操心，小姐不急丫鬟急。何况最后哪个被选上并不是他说了算，决定权在总场。

花痴不争，总场省了事，不必挖空心思费口舌了。他们本来就想推荐杨小影。她在良种站表现出色：一个城市长大的女儿家家，来场不久就给猪、牛做人工授精，一点不忌讳，光荣事迹上了省报。但花痴会写诗，场里上下都晓得他是才子。

杨小影走了，花痴一面继续熬夜写诗，都是写给杨小影的情诗，一面等她的回信。每次收到信，都要高兴好几天，眼也不斜了，人也不痴了，走路像踩棉花。

慢慢地回信稀了，从开始的一个礼拜，到十天，到半个月，到一个月，到快要放寒假了，去信问她哪天回家，他好去市里接她。

信石沉大海。

花痴望眼欲穿，脸色蜡黄。下棋心不在焉，有魂没魄，刚开局没走几步就要悔棋。老潘看得心痛，说，莫造孽了，我准你几天假，去跑一趟。

在大学校园转了半天，好不容易问到杨小影的宿舍，同寝室的女生告诉花痴，吃过晚饭就没见杨小影，应该是上晚自习了，至于在哪间教室，不知道。晚自习教室不固定，学生想上哪间上哪间。

幢幢大楼，间间教室，都灯火通明，一片人头。花痴走了几个楼道就泄气了。只好回到宿舍楼，在下面的林子里等着。

下自习的学生先先后后回来，站得脚软的花痴终于看到了杨小影的影子，吊在一个络腮胡子膀子上，大概因为快到地方了，走几步就停下来"呜噜呜噜"啃一顿。

花痴在暗影里背靠着树，眼睛一阵阵发黑。

在县文化馆的培训班，头一回跟杨小影搭话，虽然知道她也是自己的江北老乡，舌头还是一个劲在嘴里打转。回到洲上，夜里约出来散步，在屋场后面的机耕道走过来走过去，他始终提心吊胆，生怕手膀子碰到杨小影，会以为他揩油。杨小影上大学，他送到火车站，送到车上，帮她把行李放好，下车前想跟她拉下手，终是缩回。他后来一封接一封给她写信，一封比一封火热，把所有色情的想象、露骨的动作都用花哨的语言包装起来。她没有他词多，回信只能含蓄地称他"口头革命派"！

当初要是知道杨小影这么贱，他哪里犯得着那么胆战心惊，哪里轮得到这个络腮胡子开荤！

从大学返回，花痴一头栽在床上。老潘好几天没有他的音信，跑到宿舍来寻。

"年轻人要心怀天下，眼望全球，打倒帝修反，支援亚非拉！怎么能这样鼠目寸光，坐井观天？"

想想花痴是"鸡屎分子"，不吃这一套的，一听他讲亚非拉就要"呃呃呃"，改成了跟"鸡屎分子"沾边的文词儿：

"天涯何处无芳草？"

"十步之内，必有芳草！"

老潘小时候读过几本老书，把记得起来的都搜肠刮肚翻出来。看看花痴没有反应，自己肚子里的墨水有限，干脆不装"鸡屎分子"了：

"看你有模有样，原来是绣花枕头，外面溜溜光，里面一包糠！娘老子养你这么大，白养的？你自己一肚子才学，都打算拿去喂狗？杨小影再了不得，哪里是天仙，值得你在一棵树上吊死？"

花痴没有在一棵树上吊死，因为马上就有了另一棵树。这棵树虽然也不是天仙，但是比杨小影清纯，甜，小鸟依人。

江北老家的县，已经升格为地级市了。老潘的满女圆子在市里上技校，寒假，到洲上来看父亲。之前她也常来，就是个小黄毛丫头，花痴没有在意。忽然之间换了个人，有凹有凸，亭亭玉立。花痴来老潘屋里下棋，她搬个板凳安安静静坐在旁边，低垂着长睫毛，间或轻叹一声。回数多了，花痴警觉，每回她叹气，都是自己走的那步是臭棋，不由刮目相看。

老潘很快就看出眉眼，忽然想起什么，"呼隆"一下站起：

"我去车间看看！"

一去老半天。

二

全国恢复高考。花痴问圆子，我想去考，你说呢？

"只要你觉得好就好。"

圆子什么都听花痴的，花痴想做的事她没有不赞成的。

技校毕业，圆子进了市里的国营工厂。花痴还在洲上，一到周末，就站也不是坐也不是，一盘棋不知要悔几回。二天一早就跑去码头等圆子。圆子从江北搭最早的一班渡船，早饭前就到洲上了。

接到圆子，花痴到点上班。他的业务是写材料，出墙报，刷标语，等等，工作有弹性，地点不固定，别人不会盯着，反正不在这里就在那里。只有他自己知道，圆子来了，那天的轧花厂只有一个地方能找到他，就是老潘的宿舍。

一长排平房，一半是职工宿舍，一半是办公室。老潘住的那间，在办公室隔壁，壁上开了门，方便老潘夜里起来用电话。门平时关着，除了老潘自己，没人会随便推开。上班的时候，老潘总在车间里转，花痴坐在老潘办公室，代他接电话。看看外面一时安静，他"噔"地起立，走向那扇门，没走到，门就从里面开了。圆子尖着耳朵，早就听到了他的脚步声，快得就跟有狗在咬后脚跟。

花痴一头钻进去，像只饿虎，要吃人，却不知从哪里下牙。圆子一步一步后退，退到床铺，无路可退，一屁股跌在铺上，低下头，不敢看花痴。白嫩的脸，红得要冒血，一弹就破。花痴却战战兢兢拖过身后的椅子，在圆子面前坐下，膝盖把圆子的膝盖夹住，伸出两个巴掌，捧起圆子发烫的脸，一点一点往自己面前移动。额头碰到额头了，鼻尖碰到鼻尖了，花痴的勇气也耗尽了。

两个人就那样面对面地顶着，头上滚雷，心里滚油，世界静得像深井。老潘推门，进门，退回，关门，两个人一点没有知觉。

送走了圆子，花痴下了班依旧来找老潘下棋。再不像以往，各摆各的棋子，老潘拉个架子，冷冷坐定，看着花痴把两边的棋子摆好，突然问：

"你是真的?"

花痴抬起头，眨巴着有点灰色的眼睛，嘴巴张得老大，好半天，说：

"是真的。"

下棋就是双方互相猜心思，棋盘上做了这么长时间的对手，两个人心里都明镜一样。

"圆子是我心头肉，你晓得的。"

"晓得。"

"那你就跟我讲句硬话。"

"哪一句？"

"落子无悔！"

"当然！悔棋是小狗！"

花痴已经提到喉咙眼的心又落回去，一抻脖子就要"呃呃呃"。

"莫呃，我是说真的！"

"我也是真的。若是假的，天打五雷轰！"

花痴赌咒发誓。

老潘早就看中了花痴，直肠子，软性子，有才有貌，之前看他跟杨小影好，心里辣痛，只能说。后来他跟杨小影黄了，跟圆子好了，这是天意，命中注定。

"如果是真的，就早点领证。"

老潘比花痴还性急，生怕煮熟的鸭子飞了。

"人往高处走，水往低处流。圆子是城市户口，你要她嫁到乡下去？"

回老家办事，告诉老太婆，老太婆急了。

"你懂什么？这伢儿终非池中物，不飞则已，一飞冲天。"

老潘也就是跟老太婆打个招呼，并没有让她同意的意思。

花痴很快就证明了老潘的眼光。

跟圆子领了结婚证，自己家里一堆兄弟姐妹，没有空房子，花痴回来就在圆子家住。老潘平时都在洲上，节假日也很少回家。圆子的两个哥哥都成了家，各自单位都分了房子，母亲轮流住两个儿子家，帮着照应。

花痴和圆子两家总动员，找各种路子，让花痴尽早回城。

结果路子就在花痴自己脚下。

跟圆子的如胶似漆多少影响了花痴的复习，他最大的功课，是欣赏圆子。夜里打开书，书上尽是圆子的身体，一阵阵心烦意乱。干脆一把熄了灯，蹿到床上。历经青春期的煎熬，终于能够这么尽情、这么清晰、这么不必有任何顾忌地零距离欣赏一个女孩的身体。这让他整个人飘浮了起来，像是在云里雾里。传说中的仙境，应该就是这样了吧。影影绰绰中不时闪出杨小影的眉眼，心里微微一酸，杨小影的身体倘若也是这样曼妙可人，他就愚蠢地错过了。曾几何时，杨小影塞满了他的心，堵得他六神无主，茶饭不思，但那只是一个遥远的渴望，遥远得近乎空洞。而现在，他对异性的全部想象和渴望，都在圆子身上得到了满足。杨小影很快就消失在九霄云外。

花痴考上了江北老家大专的中文系。他就填了这一个志愿，图的是跟圆子在一起。圆子求之不得，她一天到晚都想腻在花痴怀里，花痴要考到外地，她会愁死。

老潘说，好，上大学过日子两不误。

收到大学录取通知书，随即办了结婚酒席。双喜临门。

老潘事先给花痴准备了一瓶凉白开，让他应付场面。花痴不喝酒。从头到尾他都一直清醒着，意气风发。没有公开办喜事之前，花痴和圆子小心在意，提防怀孕。现在可以酣畅淋漓，放开手脚了。

洞房花烛夜，金榜题名时！花痴觉得自己登上了人生幸福的顶峰。

花痴没有想到，不是冤家不聚头——大学开学没有几天，看到了杨小影，就在中文系当老师。

杨小影开的是写作课，第一单元：诗歌；第一课：诗的朦胧美；第一节：爱情诗。

"最能体现诗的朦胧美的是爱情诗。

"先讲一首，《诗经》里的《蒹葭》：'蒹葭苍苍，白露为霜，所谓伊人，在水一方'，这应该是中国最早的朦胧美爱情诗了。诗所描绘的画面隐隐约约，'伊人'的形象无从捕捉，但让人思绪无穷。

"第二首，唐朝李商隐的《无题》，人离别，花凋残，云鬓改，月光寒，春蚕吐丝，蜡炬成灰，别恨，苦涩，伤感，乃至绝望，远隔情人绵绵不尽的相思，由一连串沉郁的形象构成一个有机整体，成为诗的感情形象，使读者产生强烈的心理反应和体验，以至冲动。

"第三首，介绍一首没有公开发表的诗，一位目前还不怎么出名的青年诗人的习作。"

杨小影说着，转身板书：

绿叶之下的喘息

布满月光的温馨

在一片清冷里

等待浪漫

谁有幸见识它的娇媚

谁有幸触及它的柔嫩

谁有幸探寻它的幽深

谁在暗处喃喃私语

咀嚼一段凄凉

"诗题为'花蕊'，诗中却看不到'花蕊'，但读者却完全可以由环境的营造、气氛的渲染接受诗人暗示的复杂信息……"

面对一教室跟自己年龄不相上下的学生，讲台上的杨小影一如既往的口齿伶俐，声音还是那么诱人，不时来点小幽默，就像当年在农场先进分子讲用会上讲人工授精。不同的是少了青涩，多了老练；少了老套，多了新潮。顾盼流转之间，根本就没有发现花痴的在场。而花痴从一开始就目瞪口呆，一直没缓过劲来。

"花蕊"的出处是花痴写给在大学的杨小影的信。那首诗比杨小影板书出来的长得多，反反复复咏叹"花蕊"。

灵感来自杨小影。有一回夜里散步，夏秋之交，月色撩人，棉花结铃前的花开得正盛。两个人走到棉花地，杨小影低头去嗅花香，忽然发现一边的花痴用手指拨拉花蕊，惊叫：别碰，那是花的生殖器官！

三

杨小影在大城市那个名校毕业，本来定了留校，忽然变了，分回到老家这个大专。在外面转了一大圈，本以为前程无量，却转回了头。其中缘故，学院里有许多说法。毕竟不是把知识分子喊作"鸡屎分子"的洲上，这里人说话都很文明：观念超前——特别是性观念。

各种说法无从证实，但证据是明摆着的，杨小影的毕业论文题为"美的内涵就是性的内涵"，论证：我们关于性的观念隶属于一种已成为过去——或者正在成为过去的世界观……承认性与美的一致，承认美的内涵就是性的内涵，承认性在审美活动中的正当地位，是现代人的正当追求……艺术的最大功绩和特权就在于它烧毁了与平庸的实在相连的所有桥梁。人们在文学和艺术中对性的排斥，除了有意识的性虚伪之外，与认知能力的局限也不无关系，等等。据说这本来是她为自己的人体摄影集写的序言，给她拍照的是艺术系的一位画家。她写这个格调高昂的序言，是为了让出版社接受她的投稿。只可惜这样有胆量的出版社一直没有找到。

所有这些，在这个江北小城，说惊世骇俗并不为过。虽然因为地处长江上下水码头，这里人觉得自己见多识广，绝不至于落伍，但敢于公开张扬的最多就是女孩叔叔头，男孩大裤脚之类，女人公开场合绝不敢多露一寸肉。这样一丝不挂堂而皇之地印成画册，打死也不可能！那跟卖身有什么区别？说婉转些是"前卫"，说直接些就是"不要脸"。

杨小影不是那种漂亮得抢眼的女人，她不讲究穿着，不刻意打扮，不咋咋呼呼，但在一群女孩中，你很容易把她辨认出来。她喜欢看书，喜欢动脑子，总有新鲜的想法，尤其是，她会让你觉得比你自己还懂你。花痴刚认识她的时候，很有几分胆怯，怕她看不起自己。但那次在大学的林荫道上，他对她的神秘感碎了一地：原来她的不俗不过是闷骚。

花痴不想单独见杨小影。覆水难收，过去的就让它过去。那次从大学回来，他再没有给杨小影写信，就算绝交了。朝思暮想的风流都被雨打风吹去。很长一段时间他就指着背诗过日子——假如生活欺骗了你，不要悲伤，不要心急！忧郁的日子里须要镇静：相信吧，快乐的日子将会来临！心儿永远向往着未来；现在却常是忧郁。一切都是瞬息，一切都会过去；而那过去了的，就会成为亲切的怀恋。

何况杨小影并没有欺骗过他。之前她并没有许诺过他什么。她给过他桃花梦，但那也许是他的一厢情愿。她有权选择自己的生活。而他，"快乐的日子"很快就来临了。并且那快乐是充分的，充分得让他早就没有了多余的怀恋，更别说亲切不亲切了。

如果一定要说遗憾，只能怪自己无知——跟圆子有了床笫之欢后，他知道自己曾经错过了多么好的好事！

杨小影也没有主动找过花痴。对她来说，花痴是早已翻过的一页。她的生活已经有了也许她自己也记不清的眼花缭乱的篇章。他们现在是师生。也许恰恰因为有过那么一页，比一般的师生更加一本正经。上课的时候她从不特别看他。课外，花痴远远见到她就会绕道。他每天一早蹬个单车来上课，吃过中饭在学校宿舍午休，下午接着上课或参加必须参加的活动，一结束就蹬车回家，没事就直接回家吃中饭。总之能不在校就不在校。免得尴尬。

然而，那个中午，岁月静好没有任何预兆地结束了。

除非谁有好事，男生寝室的门很少关上。杨小影一侧身从门缝闪进，背一下把身后的门靠上，一只手拍着胸口，一只手伸出一个指头竖在嘴唇上。

不远的操场，校运动会热火朝天。这里哪怕楼塌了也不会有人注意到。

同寝室的人都去了操场。花痴对体育没兴趣，又不好意思开溜回家，猫在宿舍写诗。杨小影像一颗突然掉下的炸弹，把他炸得晕头转向。所有的怨恨，所有的压抑，所有的矜持，瞬间土崩瓦解。

一切回到原点，杨小影惊叫制止花痴拨拉花蕊，就像是昨天夜晚的事。

杨小影像飘然而入一样飘然而去，把花痴留在眩晕里。刚刚发生的一切，像是一个"聊斋"故事。

窗外阳光白炽，操场上的喧闹变得极远。房间里浮动着女性的气息，草席上留着清晰的印迹。一切都证明，这个中午他经历的并不是一个白日梦，而是一次实实在在的生命活动。

再次幽会，是在圆子家里。

"真美！"

杨小影看着一屋子大大小小的圆子的照片，由衷感叹。

一有空花痴就给圆子拍照，每次一堆胶卷冲印出来，花痴都会把圆子搂在怀里，两个人反反复复地挑选，拿去放大，然后让圆子以各种姿态、各个侧面、各种表情定格在从堂屋到卧室的墙上、台子上。

"别看她，看我！"

花痴早已浑身着火，血脉贲张，手忙脚乱。

"我喜欢优秀的男人。"

终于平静下来，杨小影说。

"是说我吗？"

花痴嗫嚅。

"当然。但你不是唯一的。那年在黄山迎客松，遇到过一群外宾，最前面的国家元首，目光特别亮，扫过围观的人群时，我们对视了一会。他注意到了我的凝视。"

"我的天，我真不知道我是天大的幸运，还是天大的不幸。"

花痴一声叹息。

"无所谓幸运还是不幸。爱是没有边界的。"

即使在最形而下的时候，杨小影也喜欢往形而上说事。

"你爱她吗？"

杨小影坦然地面对着圆子从各个角度对完全敞开的自己的注视。

"不知道……"

花痴吞吞吐吐。

"是不知道怎么回答吧？"

杨小影噘着嘴唇，声音轻柔，性感，像娇嗔，又像呻吟，绵软的手在花痴身上游走：

"其实没有什么不好说的，我知道你爱她，像爱我一样。这很正常。所有的美好都值得去爱。"

花痴把早年为杨小影写的《花蕊》从回忆里打捞出来重新润饰了一番，寄给了外省一家诗歌名刊。他在诗坛已经颇有名气，发表很顺利。

学院里有得是好事者。那期刊物一出来，就有人来恭喜花痴：原来你就是杨老师欣赏的青年诗人啊，那就别跟我们朦胧了，"花蕊"是不是就是杨老师？

花痴起先假装听不懂，被追问得实在混不过去，忽然"呃"的一声爆发出大笑，不断往上抻脖子，嘴巴张得老大，有节奏的"呃呃呃"，一声比一声高，跟鹅叫一样，根本收不拢嘴，反而让一帮人不知所措。

四

圆子越来越清楚地感觉到一个陌生女人的存在。起先是跟自己不同的体味，然后是长长短短的毛发。她把跟花痴过日子几乎当作了一种神圣仪式，不管花痴把家里弄得怎么邋遢，她都会收拾得一尘不染。下午下班回家，她头一件事就是收拾给花痴午睡弄乱的床铺。但近些日子，她中午回来也发现床铺是乱糟糟的。

"今天在家赶稿子，瞌睡了。"

花痴支支吾吾。

"哦。"

圆子并没有追问的意思。

晚上，花痴越来越多地打夜作，明明知道圆子在等，就是趴在灯下不动身。圆子睡觉，蜷作一团窝进他胸口，一会就发出鼾声，已经成了习惯。之前是一种甜蜜，现在却像是一种负担了。勉强上了床，极力复制当初的激情，却力不从心，怎么也复制不到位。

"有点累。"

花痴咕哝。

"我知道。"

圆子对花痴永远只有心疼。

二天晚上，圆子铺了两个被筒，枕头一头一个。

"为什么？"

"烦你了。"

圆子笑着瞪他一眼。

男人真不是东西！花痴心里一揪：欺骗这样一个女人真是罪过。她崇拜他，敬重他，相信他，一心一意伺候他，把他当活菩萨一样供着，她没有做错一丁点事情。如果有什么错，那就是心里太干净了，干净得没有一点杂质，没有一点世故，没有一点猜疑。她的人生应该丽日晴空，应该碧波荡漾，应该繁花似锦，她就是他歌吟过的花蕊，不容脏手触碰。

"我知道你爱她，像爱我一样。这没有什么不好。所有的美好都值得去爱。"

花痴想起杨小影的话。这样的话，圆子能接受吗？他或许应该跟圆子交心，圆子那么爱他，应该能爱他所爱的一切，他不会离开她，不会放弃这个家，他会跟先前一样对她好，甚至比先前更好。她什么也不会失去，只是她爱的人多了一个爱人。他性格懦弱，心里藏不下任何秘密，像这样的秘密，更藏不住，藏下去会要他的命！但他迟迟下不了决心。

断然的决定是突然触发的。杨小影接到邀请，去参加大学母校的一个研讨会，买了明早的火车票。花痴一下蒙了，不顾一切地一把抓住杨小影：

"不行！"

花痴像是掉了魂，好像杨小影这一走，就是生离死别，就再也见不到她了。

好在是在楼梯拐角，上下没有人。

"就一天会，大后天就回来了。"

"明天白天你无论如何不能走。改签！明天晚上还有一班车，你后天一早可以赶上会。求你！"

"真傻！"杨小影笑起来。

一日不见如隔三秋，生命的每分每秒都应该是美好的。明天可以有一整个下午的甜蜜时光，的确不应该浪费。

那个下午昏天黑地。花痴在迷醉中横下了一条心：他不能忍受这种偷偷摸摸，跟他光明正大的本来就该是杨小影。

当天晚上，花痴没有任何过渡，直截了当跟圆子说：

"我们离婚吧。"

之前他像写诗一样反复构思过，怎样把心态、情绪、语气都调整到最适当的状态。后来觉得，一切都是多余的。说得再动听，也是跟人家绝情。干脆一刀两断，无非就是圆子一家要死要活的一场哭闹。

没想到风平浪静。

"只要你觉得好就好。"

圆子好像早已在等着这一天。她的回答，跟花痴打算报考大学跟她商量一样。

"我今夜去学校住。"

花痴说。

"好。"

圆子回答。

"明天你请二老回来一趟，我当面跟他们讲。"

"你不来也可以。我会跟他们讲。"

"我还是来吧。"

"随你。"

花痴最后一次走进圆子的家。仅仅隔了一个夜晚，他之前留在这里的一切都像水洗过一样没有了痕迹。他昨天来不及收拾的所有细软、书刊都细心地装在他最早带进的一个大旅行箱里了；他给圆子拍的所有照片都消失得一干二净。

圆子不在。二老坐在饭桌两边。

老潘腰板挺得笔直，脸像出操一样板正。

圆子母亲在啜泣，见到花痴，霍地站起。

"坐下。"

老潘喝住她，转头看着花痴：

"你什么都不消说，拿上东西走人就是。何时办手续，你自己跟圆子约好。"

"造孽啊，做过了啊，自己的骨肉都不要……"

圆子母亲抽抽搭搭。

"住嘴。"

老潘又一次喝住了她。

花痴当时神思恍惚，脑子里一团糊糊，走出曾经让他神魂颠倒的小窝，走下"吱嘎"作响的狭窄楼梯，走到灰暗的长长的弯弯曲曲的陋巷的尽头，他才猛然反应：圆子母亲哭诉的好像是圆子有了身孕。圆子自己从来没有说过。

花痴迟疑了一下，终是一跺脚，一头钻进大街上的人流。

这不是跟老潘下棋。跟圆子的这盘棋，一旦走到这一步，就真的落子无悔了——天打五雷轰也只好认了！

五

回到学院的杨小影，头一眼见到花痴，吓了一跳，才几天，他几乎变了个人：头发蓬乱，眼圈发黑，萎靡不振却目露凶光。

"你再不回来，我会死的。"

"花痴同学，你也太痴了。"

杨小影以为花痴纯粹是因为想她想成了这个倒霉样。

"我跟她提出离婚了。"

"为什么？"

"你说为什么？"

杨小影蹙着眉头，噘着嘴唇，摇着头：

"不对，你这样很不对！对一个爱你爱得那么纯粹的女人，这样的伤害太残酷了，你不觉得吗？如果你实在克服不了内疚，你该有别的选择。"

"什么选择？"

"离开我。"

"不行！决不！"

花痴嘴巴猛烈地抖着：

"我宁可离开她，决不离开你！我先爱的是你，我要娶你！"

"你错了。"

杨小影沉吟着说：

"我不会只属于一个男人。我不会嫁人，也不想生孩子。我就想随心所欲地活着。而且，我很快要离开这里了。"

"去哪？"

"南方一所大学请老师去办艺术系，他让我一块去。"

"给你拍人体的画家？"

"是的。"

花痴眼前一黑，眼泪随即就出来了。

"你这是干吗？你可以来看我的。他不会在意，我们可以相处得很好。"

"不行！"

花痴眼睛一阵阵发黑——杨小影吊在一个络腮胡子膀子上，走几步就停下来"呜噜呜噜"啃一顿：

"你是我的！我不跟任何人分享！"

"你看，我没有说错。现在你该懂你妻子了。"

杨小影抱着花痴的头，喂奶一样轻轻拍打：

"我和她是完全相反的两个极端。这本来是你的福气，一个好妻子，一个好情人，鱼和熊掌兼得。我不下棋，也知道'双马饮泉'是难得的好棋。花痴同学，你把一盘好棋走残了！"

镇上的面子

一

早年，十里埠镇上的面子曾经是胡瑞奇。虽然小时候中过风邪，嘴歪，一口大黄板牙，奇丑无比，但他是十里埠学历最高的人，当年全镇考上省里最高学府的独他一个。镇上人皆喊他"胡教授"，虽然搞不清他摸了几天书壳子，像只冇头苍蝇，在外面瞎飞了一大圈，又回到镇上来了。

只苦了镇领导，好歹奈他不何：大事做不了，小事不愿做，你还不好讲他，人家是"胡教授"，正儿八经的大学生。

县机关从市里搬来十里埠，扩建了马路。镇上找了一帮杂巴人养路，都是些不三不四的火板儿，鬼见愁。正为难怎样安置

"胡教授"，就让他去管。

没想到这脚棋走对了。那条路横过县机关门口，领导进进出出觉得路蛮平整，指示报道组写个表扬稿。报道组派陈志去采访，胡瑞奇在一棵树脚下刚睡醒，抹一把歪嘴上的涎水：

"采访？采访个屁。你要急，就回去抄报纸；不急，就在这里歇一脚，我这里蛮好玩。"

胡瑞奇每天站在公路，隔不几久就咧开歪嘴吼一声：

"你们坐够了啵？不怕屁股生疮啊！"

或是：

"你们站够了啵？望路啊！"

也就是叫叫，多半是有县、镇干部经过。叫完了，又在路边的大树脚或是草袅子四脚朝天倒下去，立刻鼾声如雷。

那帮火板儿就笑：昨夜又累狠了！

胡瑞奇的老婆阿美是上海知青，下放在十里埠镇下面胡瑞奇老屋那个生产队。胡瑞奇那时还没有毕业分配，队上看他老屋只有一个老娘住着，就把阿美安排进去。阿美说是上海知青，人长得粗手大脚，比十里埠乡下的妹子还蛮辣。一老一少两个女人很快就处得跟母女没有二样。胡瑞奇回来不出一个月，他们就圆了房。两个人色瘾都重。胡瑞奇长得丑，从来没有女人正眼看他，现在终于有了个拿他当宝的女人，正是饿虎下山；阿美念书时一上课就打鼾，尽挨老师骂，作兴胡瑞奇文化高。两个人如同干柴烈火，一见面身上就滚烫，每天晚上放落饭碗就火烧眉毛地插门，半夜还闹得四邻不安，以为他们屋里出了人命。害得老娘不得不爬起来拍门：

"儿啊，造人要紧，也不消这样上紧啊。"

上午到了公路，胡瑞奇眼圈发黑，脸色发灰，走路像踩棉花，那帮火板儿恭喜他：

"胡教授总算是死里逃生了！"

胡瑞奇懒得搭理，径睡他的。睡足了，一头爬起，招呼：

"开会！开会！"

公路上霎时风起，所有人丢落扁担、放倒锹棍，在胡瑞奇身边呼隆成一堆。胡瑞奇跟镇上的田主任讲好了，他不晓得开会，只会讲诗词。田主任说要得要得，我那几首你也可以跟他们讲。他是写诗词的狂热分子，时常写了没有平仄的四言八句，套红发表在镇上宣传栏的头版头条。

胡瑞奇用田主任给他的那张写了"我那几首"的公文纸垫屁股，跟大家讲唐诗中除去"之""乎""者""也"，出现最多的字是"人"字；出现最多的季节是春季；出现最多的颜色是绿色和白色；出现最多的情绪是悲，不是喜，等等。

大家更喜欢听他讲元曲，因为直白：

> 问从来谁是英雄？一个农夫，一个渔翁。

"呵呵，原来我屋里一门英雄。"

老细一脸褶子，笑起来眼睛一条缝，一口牙齿雪白：他在农业队，他老子在渔业队。

> 枕上十年事，江南二老忧，都到心头。

"这是你大学时候的心情。"

陶德华是这帮火板儿中间的才子：

> 人生百年有几；念良辰美景，休放虚过。

"这是你现在的心情。"

胡瑞奇伸出巴掌去摸陶德华的圆脑壳。

若论长相，陶德华也算得镇上的一张脸：眉清目秀，皮色溜光，像个女伢儿，脑瓜子又活泛，小个头，得人疼。

陶家原是十里埠的大户，家业到他祖父手上败光了，他老子从小也染上了吃喝嫖赌抽的恶习，虽然成分定做贫雇农，还是直不起腰，抬不起头。除夕，十里埠家家放完炮仗，点起香烛，封门衍庆。他老子抱个瓦钵去敲邻家的门，邻家端着吃剩的饭菜正打算喂狗，就势一侧腕子扣在瓦钵里。

一家人就着瓦钵过年，眼泪滴滴落。老子说：儿呀，记得这个年，日后死活要给陶姓挣回面子。不几日，气绝而亡。

陶德华牢记父命，从小把头埋在书里，就差头悬梁锥刺股。可惜中学读到一半，学校不上课了。

胡瑞奇因此特别器重陶德华。

养路队要一个挑头的。陶德华和老细是养路队的一文一武。陶德华肚里墨水多，老细身上力气大。胡瑞奇一时犹豫不决。

本来这样的狗屁头目一钱不值，但养路队是临时工，当了个小头目，说不定哪天可以转成正式工。

陶德华背后跟胡瑞奇说：老细他们几个是贼，半夜去林场偷梨子。

"你亲眼见了？"

"我每回都跟在后面。以为他们总有一次会露马脚，始终没有。所以来报告你。那些梨子多半都让老细独吞了。"

胡瑞奇找来老细，老细立刻认账：

"我老子在血防站住院，大肚子病。医生说是肝硬化造成了腹水。梨子可以清肝火。我买不起，只好偷。"

二天，胡瑞奇让阿美在林场买了梨子，他一兜子提去了血防站。老细老子剩了个骷髅样的人形，只有肚子鼓得老高，闭着眼睛说不出话，嘴角一搐一搐。老细在边上一串一串地掉泪。

那些梨子自然救不了老细老子的命，没有住到出院的日子，抬去埋了。

一心等着老细受罚的陶德华，没想到最终居然是老细挑了养路队的头。

陶德华去镇上找田主任，一进门就眼泪啪嗒：

"胡瑞奇把老舅的诗词垫了屁股，在养路队纵容坏人。"

陶德华母亲跟田主任同姓，他也就算是外甥。

田主任一拍桌子：

"真不像话！你先回去，我会处理。"

处理的结果：

一、给了陶德华一张推荐表，让他去上大学。

二、正式成立十里埠养路队，老细当队长。养路队卖的就是苦力。若论卖苦力，最够格的是老细。

三、停止胡瑞奇在养路队的工作，请县里另行安排。

胡瑞奇说：

"不劳县里操心，我跟阿美走，去上海。"

上海出台了政策，阿美这样的可以回去，结了婚的可以带家眷。阿美把胡瑞奇和他老娘都带去了上海，一到那边就生了个胖巴伢儿。

二

陶德华在市师专毕业，成绩优异，在校期间即颇有文名，分到市委搞新闻报道。不久就在省报和中央大报发了大块文章，机关里见他不喊"小陶"，都说"一支笔来了"。很快就调进秘书班子，隔三岔五跟着领导到处跑。

节假日回到十里埠，陶德华意气风发，眉毛扬起三尺，一身化纤西装笔挺，腰、胸、颈脖子像有根硬木棍子撑着，下巴微微上扬，眼睛直视前方。只看那副架势，会以为他是代表国家去接见外宾。见人说话之前，重重清一下喉咙，清得像领导一样洪亮。

竹篙是田主任的司机。他在陶德华身后不停地按汽车喇叭，陶德华昂首挺胸走着，死不回头。他一脚油门冲到陶德华旁边：

"以为自己真是鸟官啊，装个眼瞎耳聋的狗不吃屎样！"

陶德华这才一侧脸，声音很城市地说：

"哦，是你们？"

一辆小面包，差不多已经坐满，陶德华只能站在上车的脚踏板上：

"各位最近怎样，还好吧？"

站着的陶德华跟坐着的人差不多高。

一车人哄笑：

"这么正经，是下来视察啊。"

之前约好了，星期天，陶德华从市里回来，镇上几个发小陪他去陶渊明故里拜祖。他现在的发迹，要谢祖上的荫德。

说好了陶德华在家等着，竹篙把大家接上了再去接他。但他算好时间，车子正好在街上接他，让一街人看着他的派头，尤其是要让许妹子一家人看见。竹篙刚才停车的位置，差不多就在许妹子家门口。

镇上都说，许家真是出奇，不明不白地捡了个小猫崽，不明不白地出了个狐狸精：先前一个又瘦又黑的黄毛丫头，眨眼成了人见人馋的一朵花。

陶德华上师专的三年一封接一封给许妹子写信。进了市委机关，只要回十里埠，每次都带着大包小包上许家。十里埠家家穷得打得板凳响，哪家也比不过。许多找了媒人提亲的赶紧罢手；打算提亲的更只有缩头。

一车人嘻嘻哈哈拿许妹子跟陶德华打趣，问他有没有尝过鲜？梅子酸还是甜？

陶德华一连声说莫扯莫扯，说点正经的。发现驾驶副座上是一张生面孔，问：

"请问这位……"

"县报道组的。都叫我陈志。"

"你就是陈志？听过。我在市里多少掌握一点下边的情况。"

陶德华说话的样子颇好笑。陈志极力忍着。

开车的竹篙忍不住：

"陶秘书你莫六了，要论写文章，你连人家一根毛也比不上！"

"六"是十里埠俗语的简化，六指的意思。

陶德华说：

"竹篙你讲话文明点好不好，也不怕人笑话？"

"笑话？哪个笑话？你笑话？你这样的水脚儿还有资格笑话我？"

竹篙父母都是北京名校的高才生，因为家庭出身，分到偏远的南方县城教书。竹篙智商高，根本不把陶德华这种小地方的蛤蟆放在眼里。无奈他现在是市领导的跟班，十里埠最大的面子，镇上个个想巴结。每次回来，镇上都摆酒接风，田主任都让竹篙做他的专职司机，再三叮嘱要服好务。竹篙心里特别窝火，随时拿他开心。

陶渊明故里离十里埠不太远。车子进了山垄，七弯八拐，颠颠簸簸。陶德华就像换了个人，刚才的不快活烟消云散，伫崽一样兴奋起来：

陶家垄！

陶靖节祠是一栋清末老屋，灰墙黑瓦，发了霉，随时会塌掉。前后两进，中间有条露天的过道，叫"柳巷"，并没有柳树。老屋侧边的荒草坡上有个坟墓，说是"陶墓"，一看就是假的。

《宋书》上有陶渊明，曾祖是晋朝的大司马。南梁昭明太子萧统写过《陶渊明传》，说他屋边有五棵柳树，所以自号"五柳先生"，话不多，不图名利，就喜欢读书喝酒，不醉不休，屋破衣烂，写文章寻快活，就像是上古时候的人……

陶德华说起祖上就一身劲。

祠堂的正厅很空旷，中堂上有一幅木头横匾："羲皇上人"。黑乎乎的，尽是裂痕，隐约可以分辨出蓝地金字。下面是香案，案前一张八仙桌，一边一把太师椅，都腐朽了，满是尘土，一只椅腿下垫了砖块。陶德华坐上去，从裤袋里摸出一包早已准备好的香烟，一只金属的打火机，一并放置在八仙桌上，然后抽出一支烟卷，二指夹起，放在嘴角上，架起二郎腿，让县文化馆的美工条子拍照！

竹篙突然说：

"等等，陶秘书的烟没有点着。"

陶德华根本就不抽烟，不过是想端个架势：

"没关系，这就行了。"

"那怎么行？"

竹篙说：

"不点着，就不会起烟；不起烟，那不等于含了个小鸡鸡在嘴上？"

陶德华只好重新点烟，吸了一口，呛得一阵死咳。

总算坐定，竹篙又一声喊：

"等等，陶秘书的脚没有落地。"

大家跟着一看，不由哄笑。

要说陶德华有什么遗憾，就是个儿矮，两只脚短，坐在太师椅上，脚悬得离地面老高。他自己也低头看了一眼，把交叉的两条腿换了一下，还是落不了地。

"你以为自己的脚一只长一只短吗？告诉你，两只一样短。"

竹篙冷冷地说，引起更大的哄笑，只竹篙自己不笑。

陶德华很气，板着脸对条子说：

"莫理他们，你只管拍。"

条子凡事认真。这张一分钟成像拍得很艺术：

微微扬起的镜头避开了陶德华悬空的脚，框下了"羲皇上人"的横匾，太师椅上的陶德华神气活现，不枉"羲皇上人"的传人。

这幅照片框进各种尺寸的相框的同时，扩印了一张跟办公桌面一样大的，装上金边镜框，送给了许家。老两口欢天喜地，挂在厅堂上，彰显这个在市里最高机关当干部的未婚女婿。

三

许妹子不是许家的亲生女儿。

十几年前，许叔有天早上出门，一脚踩着一个软绵绵的肉巴东西，赶紧缩回，低头一看，地上一个小猫崽样的伢儿，摸摸鼻子还有一丝气，一手抱起。回到屋里，许姨跟他吵了一架：自己都顾不了，还抱个报应回来，养大了做小啊？

许叔从来话不多，说一句是一句：

"你愿留就留下，不愿留就走人。"

"你说的是哪个？她，还是我？"

"你。"

许姨一屁股跌在地上，捶着胸口号起来。

许叔抱着小猫崽去灶下熬粥。

许姨没有生育，两口子一直在吃各种偏方。许叔早想抱养一个，她死活不肯。许叔一直让着她。但这回，他不让，想好了：两个女人如果只能留一个，他留女儿。

左邻右舍听惯了许姨的闹哄，没人当回事。许姨号了半天，自己没有意思，翻身爬起。

许家从此有了"咯咯"的脆亮笑声。

许叔在十里埠供销社做会计，每天让女儿在他脚下爬，上班下班背进背出，抱在手上怕摔了，含在嘴里怕化了，一直到可以爬到他腿上；一直到可以站到他背后，两只手从后面伸过来抱住他的脖子，看他拨算盘；一直到她不好意思黏人了；一直到挎着许叔特地到市里去买的花书包上学了；一直到小学也停课了，又天天跑来供销社跟许叔做伴。许叔的病越来越厉害，不停地咳，咳得半天直不起腰。供销社经理说，你回去歇吧，你的国营工名额让你女儿顶替。女儿满十八了，做了供销社营业员。

供销社于是成了十里埠最抢眼的地方。镇上个个口里说"狐狸精"，人人心下眼赤得要命。

街上的火板儿编了"五句头"：

> 供销社里一朵花，
> 男人个个都想她。
> 日里想得肚不饿，
> 夜里想成睁眼瞎。
> 心下就像猫爪抓。

流气是流气，却都是男人的心里话。

陶德华高雅，在笔记里写了一首祖上那样天然去雕饰的《五言杂诗》：

> 吾是一支笔，
> 伊是一朵花。
> 名花归名主，
> 岂能落凡家。

给许妹子写了三年的信，从来没有收到过回信。陶德华不气馁：不回信不等于不答应。她只上了几年小学，未必敢给他回信。

许家夫妇都乐意陶德华这门亲。许叔自认为也是镇上数得上的知识分子，对陶德华自然有几分亲切感。许姨很实在：莫扯许多，就你这个病壳子，有个这样的女婿还不是天大的福气？

他们都没有想到该问问女儿本人。他们是她的救命恩人，他们给她定的是打灯笼也难找的一门亲，她为什么事不答应？许姨当陶德华的面对许妹子说：人家一个大学生，年纪轻轻在市里当领导，要才有才，要貌有貌，哪样对不住你个镇上妹子？

许妹子低头捻衣角，就是不抬头。那次陶德华也约过她一块去拜祖，她依旧是低头捻衣角，不说去也不说不去。陶德华的照片挂上厅堂以后，许妹子出门进门都低着头，就是不看那个神气活现地硬坐在墙上的陶秘书。

陶德华觉得许妹子是怕羞，这也是让他一想起就心下蠢动的地方。

除了两个当事人，再一个是竹篙，十里埠再没有人知道，许妹子中意的是老细。

起先，连老细自己都不相信会有这样的福分。他问过许妹子什么时候看上了他？

许妹子说：

"就是那回，你咬断铁丝。"

那回，一个人在供销社买铁丝，整捆的汽车轮子大小的铁丝堆在仓库角上，没人能搬动。旁边的老细等着给老子的船上买缆索，急了，走过去，一伸手就把整捆的铁丝拉到地上，许妹子量过尺寸，却一下找不到钳子钳断，老细抓起那段铁丝，咬在嘴里，上下牙一合，一点声音没有，筷子粗的铁丝就出了个牙印，手轻轻一别就断了。

老细从来腼腆，买完缆索，转身赶紧走人。许妹子盯着他的背影，怔了半天。

跟名字正相反：老细粗壮。

十里河在十里埠跌进十里潭，从十里潭出去，流进十里湖。观音桥跨在十里潭上，石磴结满了青苔。桥脚两边的河岸铺了麻石条，以利镇上的女客淘米、洗菜、捣衣。观音桥一头，过街就是老细的老屋。

老细老子住院，每天养路队收工老细就赶去十里湖，撒网，下钩。每回记的工都不比老子少。娘死得早，他是在船板上跟着老子长大的。快半夜忙完，把臭汗烘烘的衣裤扒光，在十里潭洗个痛快澡，光着屁股上岸回家，扒口冷饭倒头就睡。

那夜好像比哪夜都安静，隐约听得见街屋里的鼾声。天好像比哪夜都深，看不见星子。月亮好像比哪夜都大，把十里埠照得通亮。老细没有闲心观景，把一身酸胀泡松快了就赶紧上岸，忽然看到岸边的麻石条上，妖精样地坐着一个妹子，头一炸，"哧溜"一下回到潭里。

两个人就那样僵在观音桥下。

坐在麻石条上的许妹子两只脚拨着潭水：

"我要不走，你今夜就在水里过？"

"莫莫，许，许妹，妹子。"

老细结结巴巴。

许妹子跃下麻石条，一蹬腿扑到老细胸口上，嬉笑：

"若是怀上了，儿子叫'水生'，女儿叫'水妹'。"

陶德华把大幅照片挂到许家屋里以后，一回十里埠就催许家订婚。许姨不管怎么问女儿，女儿就是低着头死不开口。确诊了肺癌的许叔把女儿叫到床前：

"我怕是没有几天了，闭眼前就想看你嫁个好人家。你要是心里有人，直说，你说哪个好，我就认哪个做女婿。"

"老细。"

女儿说。

许叔默了默神：

"倒是个好后生。你真喜欢他？"

"我是他的人了。"

女儿从小什么都不瞒许叔，就这回说晚了些。

"喜欢的人也喜欢你，这是人一生世最难得的事。"

许叔声音嘶哑：

"只怕你亲娘不答应。十里埠是个不开化的地方，成亲没有父母之命，人家要讲闲话的！本来就有人说你是来路不正的私丫儿……"

许叔一阵猛咳，半天缓不过气：

"有件事早该跟你讲、讲、讲……的。"

许叔哆哆嗦嗦地从怀里摸出一块烂布。那上面歪歪斜斜写着许妹子的生辰八字，父母姓名，何方人氏：

"这是当年你身上的，一直不敢给你看，我有私心……"

"爸，不怪你……"

女儿哭起来。

"你去找他们……他们应该还在世上……让他们给你做主……"

许妹子其实已经跟生身母亲联系上了。竹篙很早就在田主任那里看到了许妹子生身母亲找女儿的信，镇上决定不回信，也不告诉许家，要不许家两口子太冤了。晓得老细跟许妹子好上了，竹篙马上就跟老细说了那封信。许妹子跟老细商量：瞒着许家认了生身母亲。现在许叔自己揭开了秘密，再瞒就没有必要了。

给十里埠的信是哥哥写的，打听十多年前留在十里埠的妹子，不见回信，以为她死了。等收到妹子的来信，母亲已经在床上躺大半年了。哥哥回信，代母亲求妹妹原谅他们狠心，当初也是走投无路。望她说什么也来看看娘，父亲早死了，娘的日子也不多了。

真到了走的那天，许妹子怕许家二老伤心，不敢惊动。打定了主意，看了娘，告知了老细这桩亲事，就回十里埠跟老细圆房，一心服侍二老。

那天早上，许家两口子好久不见女儿起床，拍她房门，门没插上，房间里干干净净，一切都是原样，只少了几件换洗的衣服。

老细把许妹子送上火车，跟了两站，许妹子说什么也非让他下车：

"我一个人去就行了，又不是不回，白花车钱做什么！成了家，用钱的地方晓得几多！"

许妹子万不该说那句"又不是不回"。

掐着指头算时间，应该是许妹子来信的日子，没有一点动静。老细急疯了，去找竹篙给那边的公社打长途。那边说：

暴雨，水库半夜溃坝，下边的那个村庄已经不存在了，没人躲过。

老细从此落下一个毛病，独自一人的时候，口里就叽叽咕咕："又不是不回"，"又不是不回"……

陶德华在那年春节结了婚，老婆虽没有许妹子出色，但比她洋气。

酒席的风光闹哄，十里埠多年不见，会在镇上传说很久。市里单位的领导、同事、朋友装了好几辆小车和大客车，在十里埠搞出很大的响动。一院子酒席，还有几桌放不下，放到了街上。

本来蛮圆满的酒席，最后出了一点纰漏。怪只怪陶德华自己。他让十里埠发小觉得很不够意思：一、没有请老细；二、把他们的一桌放到了街上，而且是最远的位置；三、从头到尾不过来敬酒。

"人家不敬我们，我们敬自己！"

竹篙从陶德华里屋搬出两箱名酒，把所有的瓶盖打开，全杵到桌上：

"喝！今天不喝完不走，醉死拉倒！"

那两箱名酒是特地从市里带回来招待市里宾客的。新郎官陶德华心里辣痛，却不好发作。

四

十里湖是鄱阳湖的一个支汊，一直由十里埠渔业队管理。要承包了，镇上统一招标。

中标的是省里一家房地产公司，它们资金雄厚，规划把十里湖打造成 5A 级景区。渔业队要求承包水产部分，说不管省里那家公司对这部分的承包交多少钱，他们都多交一倍。镇上不同意，干脆撤销了渔业队，让他们上岸种田。

渔业队的人不服，写了状子上告，老细不肯签名。竹篙提醒过他，莫跟人起哄，那家公司的背景，田主任也惹不起。

"要告你们去告。我们狗舔老二各顾各，要得啵？"

老细是个犟人，跟他没法论理，大家只好由他：

"那我们就把丑话说在前头，我们要是赢了官司，你莫沾光。"

老细说：

"放心，我一生世哪个的光也沾不上。我认命。"

建了高速公路，十里埠养路队解散，老细到渔业队接了他老子的脚。现在渔业队又解散，老细无所谓：有智吃智，有力吃力。

那帮人闹了一阵，领头的被抓住在发廊嫖娼，判了刑，只好散伙。

十里埠风传老细在湖里发了财。只要他在镇街走过，总有一股鱼腥味散开。有人留心，他那条小划子经常整夜没有影形。

先前渔业队的人眼前一亮：对啊，十里湖又没有打篱笆，就是天王老子承包了，照样可以捞啊！

一帮人闷声不响，夜深跟帮下湖。终于被保安队捉住几个，打得皮开肉绽，问哪个起的头，都说是老细。警察来查，却又捉不到老细的把柄。

老细从来没有把一星鱼鳞带回过十里埠。在湖里收了网，小划子划进芦苇丛，把盛鱼的箩筐装上小车后备箱，竹篙连夜送进市里，交给鱼贩子。警察有下湖行动，竹篙事先都能从公安局的司机那里得到消息，他和老细就不打夜作。

世上哪有不透风的墙？老细最后还是落了网。

审讯的时候，老细没有讲他偷鱼的收入都陆续还了许叔治肺癌欠下的医疗费，只说自己吃喝嫖赌花光了。

把柄是陶德华捉住的：老细跟竹篙的肠子打了几个结他都看得清。

"毕竟是发小，就关个把礼拜，帮他松一下筋骨。"

陶德华跟田主任说：

"我要他下半辈子在十里埠活不新鲜死不断气。"

当初能得到许妹子，是十里埠最大的面子，老细抹了他的面子，陶德华一生世都不肯放过。

一进号子，号头就让老细站到号子中间，两臂举过头顶。对周围几个喝道：

"还等什么！"

一个比老细高一头的精壮憨包凶巴巴地向老细逼过来，身后跟着一帮摩拳擦掌的火板儿。

老细纹丝不动。对方刚出手，他一把抓住，一抖，只听一声惨叫，那只手拐子就脱了节。

等了一会，见再没有人上来，老细走到号头身边，拍拍他的肩：

"号头，我困哪里？"

号头矮了一截：

"莫莫，你是号头，是我老子。"

说着把窗户下的铺盖移开。

一个礼拜后，老细走出拘留所，上了竹篙的小车，直接去了火车站。竹篙给老细买了车票，把剩下的几百块都塞给了他。

多年后，陈志在珠三角一个乡镇偶然遇到老细，他在海边办了个贩卖海鲜的小企业，收购，加工，包装，转运，一条龙。得闲就泡在海里。当地人笑他放着夜总会的靓女不摸，却下海摸鱼，海鱼是摸得起来的？但他下去一摸一个准。

"这里人憨。"

老细对陈志说。

当地的头看老细能吃苦，让儿子找他合股——他只要出力，资金全部由儿子投入，把现在的企业做大做强。又让当地的文人、媒体给他写发达史。老细对那个头的儿子说：我是小地方人，只晓得倾头数卵毛，不成器的。又对那些文人和媒体说，屎也好尿也罢，都莫搞了。你们在这里酒店歌厅的费用我埋单就是。他的员工的收入水准是当地最高的，每年过年，最大的红包外，来回的路费实报实销。

"你们十里埠镇街上的发小，陶德华走了，你现在要回去，算得上是镇上的面子，起码是之一。"

陈志由衷地说。在十里埠待了多年，他最突出的印象是十里埠人死要面子：个人的面子，镇上的面子。有时候个人的面子也就是镇上的面子。

"面子？还镇上的面子？就我这样的一脸褶子？"

老细笑起来眼睛一条缝，一口牙齿雪白。他本来就长得老相，除了衣着比在十里埠光鲜些，皮色更黑，看不出多少变化。照样是一脸褶子：

"面子不值钱，我也不图钱。过几年我就回十里埠，翻修老屋，住下来等死，安心想许妹子。你要看得起，随时去住。"

老细还记得早年胡瑞奇讲的元曲：

> 离了名利场，钻入安乐窝，闲快活！

陈志之前，竹篙来过。他们两口子那点工资按月要还房贷，一儿一女上大学的费用老细全包了。儿女大学毕业了，都做了一脚收入不错的事，竹篙来还钱。老细发了恶，吼道：

"你扯卵蛋！"

五

阿美家不在上海城里，在上海下辖的一个县，胡瑞奇跟着阿美回家后，在那个县当了高中老师，历届班上的高足好几位后来当了大学教授，让他颇有成就感。要退休了，有点恋栈。阿美说：

"还怕阿拉养不活你？先前是怕侬看不起做生意，侬要不在乎，回来跟阿拉做个伴也好啊。"

胡瑞奇看着年过花甲身腰还跟案板一样硬扎的阿美，很是欣慰感动。回上海后他们又生了一个儿子，现在两个儿子都在外国留学；老娘享了几年清福早已含笑入土，他的确没有吃粉笔灰的必要。

那个县后来改为了区，再后来那个水乡老镇成了5A级景区，阿美把临街的窗板端下，开了一家小食店，专卖她插队时学会的十里埠萝卜粑。镇子天天给人挤得水泄不通，生意做得风生水起。

胡瑞奇每天抱个紫砂茶壶，半仰在老宅子天井前的竹躺椅上，看着大门外天南地北的红男绿女叽叽呱呱来来去去，蛮惬意，偶尔舌尖有一点苦涩，阿美就说：你要喝不惯这种茶叶，回头给你换一种。

有一年回十里埠给祖坟烧香，胡瑞奇走过陶德华的坟前，蹲下来，烧了一把纸。咧开歪嘴，露出一口大黄板牙，叹气：

"争么事面子哟，死了都是一堆土！"

陶德华死得很突然。几任一把手贴身拎包的秘书都外放去市直部门或县里当了一把手，偏是临到陶德华那任领导特别讲廉洁，给了个正职，却不是一把手。脑子一向灵光的陶德华一下没有转过弯子，出差，夜里在宾馆突发心梗，二天上午才给人发现。

胡瑞奇的祖上有帮人修家谱的。陶德华并不姓陶，他祖上从老远迁来十里埠，知道此地古时有个大文人陶渊明，便请胡瑞奇修家谱的祖上给他袭了陶姓的谱。陶渊明从此多了一堆不明不白的后人。

陶德华死了，镇上人才公开说，他祖上发的是不明不白的横财，故后人要发也发不到头。

一觉大师

一

　　金宝家跟城里下放的新职工宿舍紧挨着，一栋发了霉的矮小麦草屋，屋顶上绿草丛生。金宝又瘦又小，像只干虾子，进门出门也要低头弯腰。就是这样一个窝，门头上挂着木牌的"修善修德"横批，门两边的对联也是木牌的：

　　忠厚传家久
　　诗书继世长

　　洲上没有几家贴对联，更少这样讲究的。最多就是过年找两张红纸条，让会写毛笔字的读书伢写上"六畜兴旺，五谷丰登"之类了事。

金宝出生那年老子翻船死了。金宝长到五六岁，娘的眼睛完全失明。农场让母子两个吃了劳保，让金宝上完了初中，开始自食其力。

金宝细瘦得像根篾，下棉花地，连把锄子也拿不起，队上让他跟着一帮伢子放牛，记最低的工分。

闲着的时候，金宝基本都待在新职工宿舍，站在一边看着城里来的男男女女打闹，眯眯笑，有时候会笑出口水，幸好他的下唇兜着上唇，轻轻吸一口就托住了。他嘴稳。桌上几个人打牌，桌下谁跟谁的腿绞成麻花了，两个各有家室的人当面像仇人，转身就在哪里闷头把事办了，他什么都看到了，什么都不说。也就没有人防他。

金宝最喜欢的是陈志的房间。这里安静，书多，都装在一个齐腰高的棉花篓子里，有些是陈志从省城带来的，有些是陈志来农场后从各处顺来的，杂七杂八。

"我可以看吗？"

每次金宝都很小心地问。

"书就是看的。"

陈志孤僻，不喜欢跟人打交道，但金宝例外。跟其他老职工比，金宝干净：不吸烟，不乱吐痰，进屋前一定先把鞋子上的泥巴擦掉，一边倒的头发又稀又薄，但用水抹得发亮，临走，书从哪里拿的还放回哪里。

忽然有一天，金宝跟队长吴毛俚说，不放牛，也不要工分了。吴毛俚睁开总是半闭着的小眼睛看他：

"不活了？"

金宝说：

"你莫管。"

二天一早，有人看见，金宝跟场医院出诊的医生一样，背着红十字箱，从坝头上走过。过了好多天，大家才晓得，金宝做了劁佬。

劁，在江湖行帮里叫"搓捻行"，就是给畜生割生殖器。"焦"是火苗尖，跟"刀"合起来，用火头集中加热，让生殖器麻木并凝血，再施外科手术去势。不过而今的劁佬懒得用火了。

劁佬劁所有的畜禽。劁过的猪、牛会筋巴肉壮。劁过的鸡会格外高大，洲上的姑爷给丈人家送年都少不了。

江洲农场属于棉区，有段时间讲多种经营，主要是养猪，口号先是"一人一猪"，后来要求"一亩一猪"。江洲地多人少，一个劳力将近摊到十亩地，场里户户养猪。猪崽们到了发情期，竞相爬背。洲上人就骂：倒栏死的，赶快劁掉！

劁佬的生意忙得很。

鬼也搞不清金宝是什么时候学的手艺，反正那天他就是突然背着个有红十字的箱子不声不响上路了。

而且，很快就有了名气。

二

金宝不管走到哪里，狗就一片狂叫：先是一只、两只，接着是十只几十只，越传越远。狗灵性，怕被劁了。

其实，狗们的担心是多余的。金宝主要劁猪。

金宝的红十字箱里，除了一个装针头的铁饭盒，其他就是各色药瓶，跟场医出诊的行头差不多。不同的是，扎猪的针，比扎人的针粗得多，吓人得多；那把小巧的劁刀，是场医没有的。

因为总是走得匆忙，金宝一头汗，到了地方，一把抹去。放落箱子，轻声对东家说：

"打盆水，还有肥皂。"

劁猪前要净手。金宝脸色蜡黄，那双寡瘦的手因为洗得勤，格外惨白。

接着，煮针。灶火烧旺，灶上夹着一把铁夹，装针的饭盒盛半盒水，放到铁夹上。不一会，饭盒噗噗作响。

东家提醒：

"水开了！"

金宝端着东家的茶碗，一口一口吹开上面发了霉的茶叶碎末，说：

"不急。"

直到半盒水快烧干了，金宝才从板凳上起身，缓缓踱到猪栏边。那些猪们不晓得马上要挨刀子，依旧不知疲倦地爬背。

东家猫腰，手一抄，抓住了一头猪的后腿，从猪栏拖出。猪嗷叫着被金宝一脚踩住。

金宝让东家掰开猪后腿，小巧的劁刀飞快划过猪胯裆鼓囊囊的部位。随着一声长而尖利的嚎叫，两粒冒着热气的猪卵子"当"地落下事先准备好的洋瓷盆。

然后是缝针。金宝的针线，不比女人差：那么粗的猪皮，那么细的针，比纳鞋底要难得多！不到一根烟的工夫，细细密密的针脚，已将刀口覆盖。

然后是打针消炎。老粗的一管，金宝抿着嘴狠劲推，猪嚎得惊天动地。

终于被放落在地，猪崽不敢确定自己是否已经死里逃生，有点惶惑；稍稍明白过来，踮起脚就跑，但伤口扯得痛，哼哼唧唧，一瘸一拐。

劁猪是小手术，劁牛就触目惊心。

饿公牛两天，饿得没有了神色，再用粗绳将四蹄捆住。几个壮劳力憋红了脸，一声发喊，公牛"轰"地躺倒。解开绑住牛后腿的两根绳索，分别系上两棵桑树。公牛双腿开岔，动弹不得，任人摆布。

因为有劁佬被公牛踢断过肋骨，金宝再三拜托众人，千万勒紧手上的绳子，不要给公牛踢脚的机会。

一针麻药下去，没有反应；再一针，昏昏沉沉。金宝指尖捏紧刀片，周边人还来不及看清，公牛应激一颤：刀片已划过要害。

金宝不动声色，任牛的血和尿流淌，将粉红色的卵子剥离脂肪。然后拿出补鞋的粗针，把两块皮子扯拢，一钻，一拧，飞针走线。

麻药醒了，公牛眼睛睁开，眼神涣散，尽是委屈与悲伤，全然没有了当初的牛气。重新垂下眼帘，恍然在梦中。

金宝郑重吩咐：要过两个对时，就是两天两夜，伤口不会崩裂了，才能让牛站起来。之前只能让它斜躺着吃草。

洲上请木匠、漆匠、泥瓦匠做事，饭食都是去场部花高价称肉。劁佬除外。把洋瓷盆里的牲畜卵子倒出来，足足有两大菜碗！用姜蒜辣椒一炒，又脆，又香，大麻碗米酒一端，赛过神仙。

金宝从小到大几乎从来没有喝过酒。做了手艺，喝酒是少不了的，也就硬起头皮喝。一两口，脸就红到了颈上，话也多起来。

洲上人发胡说，最多就是五百年前，从不发胡说的金宝一开口就扯到了新石器时代，说牛、马、羊、猪、鸡、狗六畜那时已经齐全；说"劁佬"是老得不能再老的行当，算命先生用的《易经》里就有豮豕之牙吉，就是劁过的猪，牙齿再厉害也没卵用了。说《礼记》里的豕曰刚鬣，豚曰腯肥，豕是没劁过的猪，皮厚、毛粗；豚是劁过的猪，没有了卵子，一直到出栏都只晓得吃食，睡觉，长膘。说秦汉时骑马打仗多，阉割之事也就兴旺。慢慢形成南劁北骟：南方劁体形较小的猪、鸡、猫、狗，叫海棠活；北方骟体形大的骡、马、牛、羊，甚至是骆驼，叫圈子活。

"最厉害的是劁人。太监就是被劁了卵子的人，叫阉人，免得他们熬不住，乱搞皇帝的女人。

"阉割术，是一项世界性的重要发明呢！"

金宝下巴翘得老高，脸红得像刚劁出来的牛卵子：

"莫看不起这一行，我们的祖师是三国的华佗。曹操杀他，就因为他医术高。"

说的是华佗，让人觉得是说他自己。

金宝做劁佬，无师自通，跟别个不同。别的劁佬都只是做呆事，师傅怎么教就怎么做，照葫芦画瓢，不敢走样；他没有拜过师，觉得怎么好就怎么做，完了还有许多总结，比如捻转法、纵切法、结扎法、捶阉法、实质摘除法，等等。

队上不开工的日子，陈志跟在金宝屁股后面跑过好几回，最让他觉得精彩的是金宝把牛的睾丸实质从睾丸里面完完整整剥出来。

金宝称之为"剥黄法"，行话叫"剥黄"：只摘除睾丸实质，留下附睾、睾丸膜和一部分睾丸间质组织，其中的营养和神经都没有损失，不生精子了，但内分泌还在，激素功能继续维持，机体照样生长发育。

说话间金宝已经完成了手术，熟练得就像是从煮熟的鸡蛋里把蛋黄剥出来。

"你把劁术变成了艺术！"

陈志赞叹。

金宝居然小女伢儿样的脸一红：

"莫笑我啊。"

金宝那时很快活。整天咧着嘴笑，露出一口细碎的牙齿。

有人逗他：你这么好的手艺，哪天去把赵场长劁了，让洲上少一个祸害，也算是给他祖上积德。

赵场长的门牙是镶金的，原来那颗给一个女人的老公敲掉了。之前在省农垦局，官比县长还大一级。单位一对男女乱搞，他把女的找去谈话，关上办公室门，让那女的把他当那个男的，按照顺序一步步表演给他看，一招一式地照做一遍。女的做完了，想想很恶心，跑去别的领导那里哭诉。他被处分到江洲来当场长。心里有气，变本加厉。每天总场，分场，屋场，棉花地，四处乱窜，有机会就起手动脚。洲上人说，赵场长来了，母鸡都要穿裤子。洲上流行色痨，但赵场长这么重的色痨，还是少见。让人疑心他有三粒卵子。

金宝正在劁一只骚鸡公，随口答道：

"放心，迟早的事。"

放牛时在坝外林子里，金宝不止一次劈面撞见赵场长龇着大金牙爬在女人身上"呼哧呼哧"。

就是这个随口的答应，给金宝惹了祸。

离场部最远的一个分场发现了一本反动日记，恶毒辱骂国家干部，作者就是逗金宝"把赵场长劁了"的那个。

金宝一早出去劁猪，夜里没有回来。好几天后，场部的公安特派员老叶通知二队队长吴毛俚：金宝被县里捉走了。看看吴毛俚张嘴想说什么，他一举手：你什么也不要多问，我什么也不会多讲。说完扭头就走，迟疑了一下，站住，嘀咕了一声：

"一张死嘴！"

老叶骂的是金宝。

金宝劁鸡时随口答的那句笑话，让人疑心他跟那个日记作者同谋：赵场长是领导，就算喜欢爬女人，又没有爬过他家的女人，他哪来那么大的仇恨？

三

　　几年后，场里干部换得差不多了，没人记起有过一个想要劁领导卵子的"现反"。金宝娘一死，连问的人也没有了。

　　知青大返城不久，陈志先到县里做临时工，后被调到省里做专业作家，再也没有去过江洲。一个让他好奇过的小劁佬渐渐被淡忘，一点疤迹也不剩。

　　有一年参加笔会，遇到一位名满全国的同行，他新出的生命科学专著正在全国轰动。自我介绍的时候，他强调自己是"生命科学专家"，远不只是"小说作家"：跟生命科学相比，文学太浅薄了。

　　陈志向来排斥名人，你越说得神乎其神，他越不买账，时不时就调侃一番。"生命科学专家"倒是谦和，笑一笑，并不计较。

　　那段时间，人人就像中了邪，争先恐后吵吵闹闹说的都是新近纵横天下的各山各路各门各派气功大师。被说得最神的是省里的莫大师。

　　莫大师早年在老家乡下跟人打赌，在屋里作法，让良家妇女当街"仙人脱衣"，犯了流氓罪。在牢里，他总是打着饱嗝喷着酒气，问他，他说那些吃喝都是凭空搬运来的。谁要不信，他现场就可以空杯来酒。更绝的是"通灵"：他当众脱剩裤头，随手抓几张纸，点着，用脸盆反扣在地上，再掀起脸盆，被他招来的群蛇四散窜出。他老家的头儿拜他为师，给他在深山老林建了独门大院。他的回报也很给力：让头儿在凡是上级领导睡过的当地宾馆房间都接着睡一夜，借上级留下的气场提升能量。果然官运亨通。

这类故事在社会上传得沸沸扬扬，也是"生命科学专家"那部石破天惊的名著的重要章节。陈志就觉得，这样的"专著"最多就是博眼球赚卖点赶时髦罢了。忍不住跟"生命科学专家"打趣，请他起码做一件常识难于理解的异事给大家看看。

"生命科学专家"笑道，对神秘现象的接受，是需要慧根的。不过像你这样优秀的人，自信，有优越感，难于接受，也正常。

"需要慧根"就是没有慧根。陈志跟着一笑，懒得争论。

几天后，一行到了湘西猛洞河。天下着冷雨，将近一个小时，其他人在打扑克，陈志一个人坐在窗边发呆，夹岸的山绿得寂寞。河上除了他们，看不到别的船。

"生命科学专家"用扑克给好几个人算了卦，忽然坐到陈志对面：

"给你也算一卦？"

"行呀。"

陈志正无聊着，权当解闷。

"生命科学专家"看着陈志抽出几张牌，先说陈志跟谁都格格不入，难打交道。陈志打断他：这不必说，谁都可以看得到的。又说陈志的性欲与众不同。陈志也颇坦然。这是街头神棍惯用的伎俩：一个人的性欲，别人如何知道？别人的性欲，此人又如何比较？这原是无法验证的。

"生命科学专家"的神色突然严峻：

"那我说说令尊吧。"

然后就当众描述陈志父亲的外貌和性格特征：干瘦，好发脾气，扬起手打人却又打不下去，等等。

"生命科学专家"一直生活在北方，跟陈志是头一次见面，更无从知道陈志父亲，但陈志父亲的几乎所有特征，他居然说得那么肯定——更可怕的是那么准确。

这是一件十足的常识难于理解的异事。

陈志张口结舌。父亲去世不到一年，尸骨未寒。"生命科学专家"口里的父亲，栩栩如生。在风雨如晦的空山野水间忽然现出一个如此亲近的亡人形象，不由得毛骨悚然。

面对着一种让人畏惧的不可知力量，陈志之前的所有固执完全颠覆。

"生命科学专家"看了陈志失神的样子，随即打住。

第三天，大家在天子山住了一晚，陈志早上起来散步，遇见"生命科学专家"。

"这两天反复想过，决定还是把真相告诉你。"

"生命科学专家"盯着陈志：

"那天，在猛洞河上，我给你算卦时，令尊就站在你身边。他要我转告你，他很生你的气。你一定有什么事对不起他。"

陈志像根棍子似的戳在那里。陈志对不起父亲的事太多了。其中许多是永远无法弥补的。

"不必惊恐，毕竟是父亲，不会加害你的。你心有懊悔就可以了。"

看着陈志面如死灰，"生命科学专家"换了个话题：

"论生命科学，我其实没有入门，就是你笑话的'砖家（专家）'，真正的大师在贵省。"

"你是指莫大师？"

陈志的心理防线彻底瓦解。

"不是莫大师，是他的嫡传弟子一觉大师。他们在劳改农场结为师徒，一觉离开师傅之后又在雪域深山修炼多年，比莫大师道行更深。"

"生命科学专家"的眼睛在镜片后面闪闪发光。

这次笔会，是一个重要的拐点。让陈志终于承认了"生命科学"，终于有了对神秘领域的敬畏。

四

入场券是钟主任特地派司机送来的：机会极是难得，名震四海的一觉大师讲功时将要现场发功，普惠所有听众，有病祛病，无病益寿。

路上堵了车，陈志进去的时候，整个体育馆一层层环形阶梯已经坐得满满当当，却悄无声息。场馆的大灯次第熄灭，刚来得及在走道最后一排的台阶坐下，就只剩了一盏射灯，微弱的光线照着体育馆中央一张白布覆盖的条桌，桌子后面坐着一觉大师：白发，白眉，白髯，白衣，白扇。整张脸大部分被雪白的毛发遮挡着，看不清楚。

深邃得好像没有边际的黑暗中，没有咳嗽，没有呼吸，没有任何哪怕最细微的响动。只有一种逼人的气场，萦绕着一种看不见的神秘物质。

长久的静默。

人们像是来到了世界的尽头。

终于，一觉大师发出了声音。

极低沉极缓慢但是清晰的游丝般的声音，被立体环绕音响送到每一个角落。

陈志是第一次参加这样的"会功"，一片茫然。

时间像一条凝重的河，浮着那个极低沉极缓慢但是清晰的游丝般的声音，徐徐流淌，让人忘记了今年何年，今夕何夕。

游丝般的声音越来越低沉，越来越缓慢，也越来越清晰：

"现在，我发功了……来了……近了……正在降临……降临……降临……大家请放松……放松……放松……"

突然间，地震般地，全场哗然大乱，之前塑像一样端坐在观众席的人，一排接一排栽倒，横躺在狭窄的座位脚下，翻滚，捶胸，蹬脚，大叫大喊，大哭大笑。

一觉大师面前的桌子下面，忽然有个人从落地桌布下嗷叫着爬出来。

那是给陈志送入场券的钟主任。

巨大的体育馆顿时像滚开的粥锅。

陈志仿佛穿越时空，突然进入了他之前绝对排斥的另一个世界，心惊肉跳。

幸好认得钟主任。

钟主任在省体委分管文秘，特想当作家。陈志那时候在省作协，自己就没把这个穷酸社团当回事，随手给了他入会登记表。他挺得意，有事没事就跟陈志套近乎。

陈志对钟主任颇有好感，觉得他童心未泯，对所有的新鲜事都有股子疯劲，蛮可爱：小时候跟着父亲打鸡血差点没打死；有了单独的办公室，上班时一个人在里面甩手，一头栽在地上，给送文件的干部及时发现；头两年老是天不亮一个人开车到郊区山上去"负阴抱阳"，有一次失足落下山崖，给上山偷树的农民救起。而今又迷上了气功。

回家吃过中饭，陈志给钟主任挂了个电话，问有没有可能拜访一下一觉大师，近距离表示敬意，也顺便收集一点第一手素材。

一觉大师这次会功，是钟主任一手操办的。

"他从不单独会生客，而且明天一早就要去机场。"

钟主任沉吟着，忽然"哦"了一声：

"我想起来了，他到的那天好像打听过你，我以为他是来省前查过资料，随便问问，没有在意。"

事情比想象的顺利多了。钟主任很快就回了电话，已经约好，当晚在宾馆见面。

宾馆分前后院。后院从不对外。钟主任自己开的车。在黑乎乎的林子里转了好半天，才在一个高大的门廊上停下。

除了他们，里外不见一个人影。

"你不必紧张。"

钟主任轻声说：

"我已经打过招呼了。你尽管放大胆子，亮灯的就是大师住的套房。我就不陪了，大师想单独跟你说话。"

陈志下了车，进门，一脚踏上软绵绵的地毯，立刻就后悔了，感觉特别压抑。回头看，钟主任的车已经钻进了树丛。

接下来的意外，远远超出了以胡编小说为生的陈志的想象力：

近在咫尺的一觉大师，竟然是早已连江洲一起忘得精光的劁佬金宝。

五

金宝进县公安局拘留所没有几天，头发眉毛就白了，以后有了胡须，也全是白的。从拘留所出来，押去大西北的一个监狱，在那里成了莫大师的高足，情同父子，尽得秘籍：

"仙人脱衣"，就是先给一个不知羞的女人塞钱，让她到时当街脱光衣服；"凭空搬运"，都是徒弟在场里饭堂偷的酒菜；"空杯来酒"，就是用薄膜封住倒放的杯口，手帕盖酒杯时把薄膜扯掉；至于最邪乎的"通灵招蛇"，不过是买通的"托"抢先跑去拿来一只隔层装了蛇的盆子，反扣盆子时按下里面的开关。

不过师傅还是有功夫的，就是手比眼快，跟行头融为了一体，玩神了。

因为社会影响实在太大，师傅很快就因为"立功"，提前释放。离开监狱的时候，师傅提出带走几个徒弟，头一个就指定金宝。

跟着师傅跑了几年，名气越来越大，观众的级别越来越高，出手越来越阔，场地也越来越堂皇。

起先只是娱乐，给有头有脸的人调剂胃口，活跃气氛，自己也数钱数到手软，很是快活。后来就越玩越像真的了：话说得越邪，人家越相信；谱摆得越大，人家越作兴。只有你不说的，没有人家不信的：

你说屋子有鬼，人家马上就拆屋；你说办公楼后的山洞会吞灭运势，人家马上就堵掉；出了车祸，人家最先拨的是你的电话；人家好色，你就传授"采阴补阳"；提干名单先给你过目。他属"地龙"，名单上若有人属"天龙"，人家马上划掉，因为你说"天龙压地龙"……平常难见的大佬，跑前跑后对师傅五体投地；家喻户晓的美女，整日整夜在师傅床上练功。

从"仙人脱衣""凭空搬运""空杯变酒""通灵招蛇"开始，种种说法起先是徒弟们编的，后来就是社会上加油添醋的，越说越离奇越说越古怪。

自然不是所有人都会当真，看完就完了。但真要有个一根筋嘀咕一声"这是魔术"，马上就会遭到一片反驳：不理解并不等于不存在，不过是现在的科学无法解释！就是哪回失了手，露了马脚，说一声现场有要人气场太强，压住了神灵，人家也就一笑了之。

到后来，保住骗局已经不再只是师傅的事了：明白的要靠它蒙不明白的；不明白的要靠它长脸——虽然自己不是大师，却是见过大师的人。有人摸过师傅的衣角，再不洗手，见人就举起来问有没有闻到仙气。

随着越玩场面越大，师傅自己也害怕起来，让几个徒弟各奔前程，莫搞不好哪天跟他一起掉脑壳。

师兄弟几个都另找了混饭吃的路子。只有金宝死心塌地，决心一条路走到头，莫非再回去做劁佬？

师傅说，你真要不想收手，我成全你。此后到处说这个徒弟比他强，青出于蓝胜于蓝。

陈志想起"生命科学专家"的话：莫大师的嫡传弟子一觉大师比师傅道行更深。

"想不到，连你也会相信这样的发胡说！"

金宝完全恢复了江洲的口音：

"当年在江洲，我就服你一个。有一回无意中在一张报纸上见到你的大名，心下一热，像是我自己出了名。"

"我那点小名不值一提，你才叫出名！"

"我出名？什么名？"

"一觉大师啊！"

那是"出名"？就是骗过了全世界的人，也应该骗不过你！钟主任这样的我见多了，一个比一个弱智，你在我心里是头一号的聪明人啊！

陈志于是讲起"生命科学专家"，讲起他对父亲那么真切的描述。

金宝像猫一样陷在大沙发里，静静听着，两只眼睛发出幽幽的光，忽然说：

"你是不是有个小说发在北京的一个大刊物上？上面有一幅插图，画的是一个干瘦老头？小说里有一个情节：老头发火时扬起手打人却又不打下去？”

陈志眼前突然一亮，恍然大悟：拿最熟悉的人做小说模特，不是编小说用滥了的路数嘛！成了"生命科学专家"的同行就凭这个也能蒙个八九不离十啊。蒙错了，对方反正是不信邪的；蒙对了，他也就多了一个信众。

困扰多年的心结突然解脱。陈志怔怔看着盘腿端坐的金宝：

雪白的毛发下面，还是那么矮小，那么细瘦，像只干虾子，但是已经饱经风霜，脱胎换骨。三十年一觉江湖梦，完全是另一个金宝了。

"还记得在洲上做劁佬吗？"

陈志问。

"当然。"

"我看你还是个劁佬。先前劁的是卵子，现在劁的是灵魂。"

金宝沉默了一会，阴森的一声冷笑：

"那些人有灵魂吗？"

空荡荡的大屋子寒气飕飕。陈志汗毛直竖。

六

大约一年以后，有人告诉陈志，"生命科学专家"又出了一本关于气功的书，其中举了在湘西猛洞河给陈志算卦做例证，给人的印象是陈志对他的"生命科学"心悦诚服。随后陈志就收到从北京寄来的给他签名的赠书。

上下两册近百万字，陈志自然没有耐心通读，只一个劲翻找自己的名字。果然找到。一气读完那一章，感觉像是被人绑架，很气愤：绑架一个无法用同样的方式在同样的范围为自己辩白的人，有什么意思呢？可惜，因为无缘再见，也就无法当面交涉。

陈志本想写信，终于没有写。对风行一时的"生命科学"，已经开始有了许多异议。到底是同行，并且是陈志望尘莫及的同行，陈志觉得还是不凑热闹的好。

　　后来在报上看到那位同行的文章，说他已回老家，从此潜心文学，不再做"生命科学专家"。陈志真心希望早日看到他的小说新作轰动全国。作家到底还是实实在在写作的牢靠。不管名气怎么大，半路出家，左道旁门，哗众取宠，总是有些不伦不类。

　　又后来，媒体报道，莫大师"二进宫"，急病抢救无效，死在监狱里。

　　被点拨的那个夜晚之后，陈志再没有金宝的消息。问钟主任，他皱起眉头：

　　"我哪知道。"

悟道雅室

一

吴喜保派了一辆加长豪车，大老远跑到省城来接陈志去讲企业文化。来人唐装，白面书生：

"我是吴总的助理，老师叫我小李就好。"

递名片的时候小李弯着腰说。

陈志接过名片，瞄了一眼，说：嗬，博士！一头钻进车里，仰在后座。他特别恶心风靡一时的唐装，谁穿了都像个账房先生。

吴喜保最早是陈志待过的那个小县城拎泥桶的小工，后来发迹成为省里的"十大优秀企业家"。当时正时兴企业家立传，他来省城辗转托人，领他找到陈志，出的润笔价码很可观。陈志那时刚有了点小名气，正意气风发着，牛逼哄哄：

"你让我写真的你，还是写假的你？"

吴喜保张口结舌。

"别劳神费力了。写真的你，你不高兴；写假的你，我不乐意。"

陈志毫无商量余地。

吴喜保脸色一下蜡黄，笑得比哭还难看。

十几年过去，吴喜保早已今非昔比，声名显赫，如日中天，从"省里的"变成了"全国的"，花高价进国家头牌高校上了EMBA，俨然国际一流现代企业家。媒体上隔三岔五就是他的重头戏，整个就一神话。

陈志先前从来就不在意这类现代神话。换了刚出道的那几年，他根本就不会接受这种毫不相干的企业邀请。而今江郎才尽，成了过气明星，暮去朝来颜色故，门前冷落鞍马稀，不能不放下身段了。

时代集团的总部是欧洲老皇宫的山寨版，正面一排高大的罗马柱。一下车，跑来了一大帮制服笔挺的保安，在陈志两边各站成一个纵队，护卫大佬似的护卫他进入大楼，穿过富丽堂皇的前厅，踏上走廊的红地毯。

早上跑步没来得及歇口气，忙忙乱乱地刚套上皱巴巴的T恤，人家就来了，赶紧蹬了运动鞋，光脚塞进圆口布鞋。现在夹在两队昂首挺胸的制服中间，像只卖艺的猴子，很搞笑。走廊老长，好像没有尽头。陈志一向最烦的就是这种作古正经的摆谱，又不好临时变卦。想想真后悔当初的随口答应。

糊里糊涂地被拥进了电梯，又糊里糊涂地出了电梯，又是一条老长的走廊，来到一扇跟整栋大楼完全不搭调的门前：

飞檐翘角的门头，汉白玉的貔貅门墩。进去，木质墙壁，长条桌子板凳、古琴、笔架、文房四宝、镂刻条屏，悄没声息的古装女孩……像是个电视剧片场。

"老师您一会就在这里讲课。"

小李指着条屏上的王阳明语录，庄重地介绍：

"我们吴总把阳明心学的'致良知'确定为我们企业文化的核心。这个课堂是吴总专门从北京请顶级专家来设计的，命名"悟道雅室"，是我们时代集团人的心灵殿堂。"

陈志特烦满世界闹哄哄的"国学"，一个个人五人六的都成了装腔作势的所谓儒门弟子，心里一下就蹿上来一串流行句式：

有一种土鳖叫老总，有一种骗子叫专家，有一种愚蠢叫打造，有一种无知叫文化。

尖酸归尖酸，陈志知道这回的讲课费有点分量，可以不看僧面，也可以不看佛面，还能不看财神面？定定神，坐上了讲台。

听课的都是集团总部中层以上的骨干，学历最低的也是本科毕业。这让陈志多少宽慰：不至于对牛弹琴。

"别的老板拜关老爷，求的是江湖信义；你们吴总拜王阳明，求的是天地良心，高多了！

"王阳明的确了得。二十岁中举，二十二岁进士不中，却为下次科举作了个《来科状元赋》，招人嫉妒，料他一旦状元及第，必定目中无人。二十五岁他再考科举，果然再次落第。

"做过状元的老子怕他受不了，开导他：这回不中，下回必中。他笑起来：人以不登第为耻，我以不登第就受不了为耻。

"这样的脾性，很难不得罪人。快三十岁当官，没几年就得罪了权势熏天的太监，挨了四十大棍，贬到贵州一个叫'龙场'的地方当招待所管理员。中间还差一点被追杀，伪造跳水自尽才躲过一劫。

"当时的龙场是蛮荒之地，没有开化。一个过惯了富贵日子的公子哥儿吃不好住不好还要开荒种地，等于下了地狱。

"人家跟常人不一样的地方就在这里。背了霉的王阳明时常静思默想，有一天忽然灵光一现，悟到世上判断是非的标准是良知，世人凭良知分辨真假、善恶、美丑、忠奸以至一切是非。所谓圣人之道，就是人人都有的良知，也就是人人都有的'本心'，不是外在的什么事物。'理'全在人'心'，'心'就是'理'，'理'化生宇宙天地万物，人秉其秀气，人心秉其精要。只要随心而动，随意而行，根本用不着程朱理学那样的'格物致知'。天下事物无穷无尽，'物'没'格'完，人早烦死掉了。

"这就是'阳明心学'：在儒家学说的发展上比程朱理学又进了一步，许多人觉得这是中国哲学的顶尖——悟透了宇宙人生的真相，达到了无所不能的境界，找到了由凡人成为圣人的灵丹妙药。

"龙场的灵光一现，后人叫作'龙场悟道'。据说王阳明把悟到的'道'传授给当地人，效果挺不错。一代代传到今天，也就有了我们这个'悟道雅室'。我想你们吴总的意思，就是希望活在现代的各位跟王阳明一样'悟道''致良知'，建立新的辉煌传奇。

"不过，依我看，不论谁、不论悟什么道，都没那么神奇邪乎。古人一心想'悟道'，是巴望成为'圣人'；我们今天讲悟道，最多就是转变思想，换一种思考问题的方式，尽可能让自己的视野广一些，格局大一些，好好做人做事。仅此而已。

"我这看法不一定对头，仅供大家参考。"

陈志最后补了一句。

一下午东拉西扯，都是些临时抱佛脚从网上搜出的皮毛。下过无数次这样的油锅，陈志早成老油条了。他知道人家大小把自己当了个名人，名人的特权就是东拉西扯——也用得上那个句式：有一种无耻叫名气。人家就是来看个热闹的，谁也没把你当什么大德大贤，要从你这里得到什么大智大慧。

那样的"道"，真要有用，还用得着这么没完没了地苦口婆心？什么"致良知""破山中贼易，破心中贼难"，什么要知更要行，知中有行，行中有知，知要表现为行，不行则不算知……绕来绕去，不就是让员工听话给老板卖力？哪个员工不心知肚明？

陈志初中学历，仗着一点小聪明瞎编故事浪得虚名，又不愿读书，无知无畏，论事特偏激，在他看来，胡诌这些不过是以某种目标诱导人的诡计。而被"诱导"的人也贼精，将计就计。结果是批量制造了数不清的假道学、伪君子。

为了一点碎银子不得不委屈自己，在讲台上唾沫四溅地胡诌时，陈志一直别扭着，一肚子不合时宜。他说的那些，连他自己都不信，还能指望别人信？

课讲到尾声，吴喜保来了，老远就双手抱拳，一个劲道歉：

"对不起！对不起！对不起！"

市里来了一帮外商，市里临时把吴喜保找去参与接待。散了会，又叫去办公室聊了好一会。那个市是全省重镇，前面连着有几任出了事，现任这位特别谨慎，除了办公、开会，业余基本不与人来往，大院深处的独栋小院警卫严格，与外界隔绝，只有极少人能进去。吴喜保是这极少人中的一个。他活泛讨喜，好多人一有机会就乐意跟他聊天。

吴喜保一进门，满屋唰地一片起立，随着小李的手势，一个跟一个屏息静气地走出去。

二

晚餐居然也在悟道雅室。

吴喜保领着陈志楼上楼下转了一圈。

社会上公认，吴喜保最大的特点是绝顶聪明，悟性过人，知轻知重，知得知失。自己做得到的，做什么像什么；自己做不到的，知道该让什么人来做。这幢大楼就是一个证明：设计专业时尚，各种功能齐全。

趁他们转悠的时间，悟道雅室已经收拾成了一间餐室。

先前的长条桌子板凳不见了，地板上铺了张榻榻米，当间放了一张矩形矮桌，两条长边各有一个蒲团。

讲台背靠的那面墙原来是一扇活动木门，已经敞开，垂下一幕透明纱帘。帘外是巨大的露天平台，竹影婆娑。王阳明塑像峨冠博带，颔首低眉，若有所思，立在竹影中。刚才吴喜保领着陈志特地在那里停了一会——这座青铜雕塑是他专门去请的国内一流雕塑家的作品。

下午放讲桌的位置，放了一张琴台。一个古装女孩已经在琴台后面席地坐下，准备抚琴。边上一只小香炉，隐隐一缕青烟。

吴喜保指着主位的蒲团，招呼陈志：

"请坐。"

然后才盘腿在桌子对面的蒲团上坐下：

"感觉还行吗？"

"没得说。"

陈志是由衷的。

"能入您的法眼，我就放心了。平时没事，我就坐在这里听琴品香。北京的教授讲，有个古代名人跟最心爱的女人就喜欢夜静时放下香阁纱帐，一炷红烛，几只宣德炉，点着绝品沉香，闻香的人就好像坐在花心里。"

吴喜保扶了一下闪闪发亮的金丝眼镜，很艳羡。

岁月真不饶人，吴喜保老多了。头一次见到他，只是发际线高，而今不到五十就几乎秃顶，剩下的毛发也没几根。脸色发暗，不管怎么振作小身板，还是掩不住疲惫。唯一的亮点是眼镜。他小学没毕业，视力超好，但他最大的兴趣之一是买眼镜，要求只有一个：必须是最贵的那一款。他的董事长室有一整面墙挂满了各国各地各型各款的大品牌眼镜。

那个酸溜溜的古人品香故事从吴喜保嘴里说出来，陈志总觉得有一点不伦不类，不由插嘴：

"那故事我知道，男的叫冒辟疆，明末四公子里的一个；女的叫董小宛，当时的名妓。"

"好像是。"

吴喜保没记住故事人物的名字。

古琴蓦然拨响，悟道雅室清音颤颤。

古装女孩一个一个进来，又一个一个出去，送洗脸水、漱口水、湿毛巾、干毛巾……

陈志吹了一下午牛皮，早已饥肠辘辘，看着没完没了的仪式，不由心里嘀咕：

"不就是吃饭吗，搞得这么神乎其神。"

这么多年，陈志天南海北乱窜，最烦的就是跟当地风云人物一桌吃饭，一个个端着架子，要不颐指气使威风八面，要不高谈阔论大吹大擂，让人看着一桌子好饭好菜胃口全无。陈志得了教训，以后一上桌就埋头苦干，把肚子填实了，根本不管满桌子的谈笑风生，站起就走人。但那得是人多，没人特别注意他。现在一对一，他只有老实待着。

古装女孩们又从门外袅袅婷婷地鱼贯进来，每人双手一只很精致的木托盘，一人一碟依次把菜摆上洁白的台布。

碟子是名瓷，套话"白如玉，明如镜，薄如纸，声如磬"的那种：

一碟红烧肉，方寸大小一块；一碟清蒸鱼，巴掌长一条；一碟油焖青豆角，食指样两截，上面撒了几粒油炸梅干菜；一碟鸡汁涮菠菜，一棵——极鲜亮——鲁迅说的草民用来骗皇帝老儿的"红嘴绿鹦哥"；一小碗蘑菇番茄蛋汤，巴掌大一蒸钵白米饭，钵心红枣一枚。

吴喜保和陈志各一份。

古装女孩摆放完，轻声说：

"请慢用。"

陈志原以为等着他享用的一定是一顿大餐，一直眼睁睁地盯着古装女孩的纤纤玉手，心想这是餐前小食，就像交响乐轻盈的前奏，后面才是恢宏的主题。古装女孩的一声莺声燕语，让他忽然惊醒：

"就这些？"

这是专家设计的"阳明养生膳"，我平时就吃这么多。您要是不够，随时可以添加。另外，菜品觉得不合适也可以换。

吴喜保等着陈志先动筷子。

这是想饿死我的节奏啊。

陈志本来就把"养生"看作天下最傻帽的话题一种，平时不论在哪里，一听这两个字就恶言恶语地冷嘲热讽。现在话到嘴边还是硬吞回去了。打死他也不相信吴喜保平时一顿饭就吃这点，谁不知道谁啊，裤裆上的破洞缝起了几天？不过，人家是把你当狗屁的"贵族"了，别不识抬举。

"对了，你喝酒吗？我从不喝酒的，客人例外。"

"不喝。"

陈志尽力克制。

"不喝什么？"

"首席名记"老高人没进来，声音先进来了：

"呵呵，真是来得早不如来得巧。"

老高风风火火，就像到了自己家里，一屁股蹾在陈志刚起身空出的蒲团上。

陈志随着吴喜保起身是表示礼貌的，没有想到老高会这样不管不顾。他本来就正在不爽，由不得更加窝火。

吴喜保有些尴尬，对小李说：

"怎么不给高老师准备个蒲团？"

高老师不请自来，垂手站在一边的小李措手不及，听到吴总的提醒，赶紧去拿来蒲团，放在矮桌的侧位：

"高老师请这边坐。"

"不用，我坐这里就好。"

老高摆摆手，不动桩，完全拿自己不当外人：

"上饭吧，饿了。我不要你们那样的鸟食，给我上大份的。酒还拿上回的 XO。"

吴喜保从自己坐的蒲团上跳起，一步抢到小李刚放下的蒲团坐下，指着自己先前坐的蒲团对陈志说：

"您坐那里吧。我这样说话方便。"

"对对，坐坐。"

老高这才注意到陈志的存在：

"呵呵，大作家也在。听说你最近在哪家杂志得了个奖啊，恭喜。"

"奖算什么，痔疮而已，是个屁眼迟早都有。"

陈志冷笑。他知道老高这个"恭喜"是个话头，接下来就会历数他自己荣获的各种大奖小奖。

老高好像没有听见：

"在吴总这里我不客气。我跟吴总的交情十几年了……头一个报道吴总的就是我……到现在我报道吴总的文章可以编砖头厚一本书了……"

老高的年纪和资格都是省里媒体一帮"七零后""八零后"的前辈，在全省上下混得如鱼得水。从业以来就一直待在省里不挪窝，怎么调他他也不走。他是老人，上级也不好怎么勉强他。

"我干吗要走，金窝银窝不如自己的狗窝！出门就是熟人，各行各业大大小小的单位没有不认识我的头头。在这里我是'首席名记'，换个地方屁也不是。"

老高一说话就红头涨颈，嘴角冒白沫。他高声大气地打着哈哈，自嘲，故意加重语气突出自封的"首席名记"后面两个字的谐音，让这自封好像是个玩笑。他最有名的格言是"你在河里摸，我在你箩里摸。"给人家做报道，要起"润笔费"来绝不脸红：哪有走正路能暴富的？你去给他贴金，他凭什么不该谢你？有人去他家，他一定让人参观书房：一房书柜没有一本书，全是高档名酒。

"刚去新疆跑了一趟。"

老高兴致益然：

"喀纳斯湖的水那是真清，一眼见底。让你忍不住非要脱得精光跳下去不可……"

老高到哪都是一个人包场说话，他要不停，谁也插不上嘴。

打断他的是他自己的一个响屁。

每天到处胡吃海塞，消化不良，老高最让人难以忍受的是屁多，而且响亮，毫不顾忌。

陈志想象着仙境般的喀纳斯湖被一只丑陋油腻发臭的脏物污染，直想呕吐。

"高老师饿了，请先用餐。"

吴喜保岔开话题。

"小心烧着了房子。"

陈志没头没脑说。

老高马上明白陈志说的是他刚才的那个响屁：

"跟房子有什么关系？"

"那种气体在原理上是可以被点燃的，因为含甲烷。"

"呵呵。"

老高压根就不知道世上有难堪二字，或许是装不知道。

陈志从蒲团上一跃而起：

"吴总，你忙。我告辞。"

已经是夜晚了。中式的悟道雅室、欧式的时代集团总部、光怪陆离的市区，被渐次抛下。车子上了高速，四野一片幽暗，远处乡村的灯光像漂浮的渔火。

陈志在驾驶副座上发闷。

"老师今天的课讲得真好，言简意赅，又通俗易懂，几句话就把那么深奥的道理讲明白了。下午吴总从市里赶回来的路上就给我打电话，很可惜紧赶慢赶还是没有赶上听老师的课。"

小李小心翼翼地打破沉闷。

"是吗？"

陈志瓮声瓮气。

"老师以前跟我们吴总熟吗？"

小李看着车灯照亮的远处。

"见过一次。不熟。"

陈志的情绪开始松动。

"吴总特别敬重您。"

"敬重？敬重我什么？"

"他跟我说过好多次，他见过好多名人，就老师最有骨气。"

陈志愣住了。

想不到对多年前他那个硬邦邦的拒绝——"你让我写真的你，还是写假的你？"吴喜保会做这样的理解，并且会这样刻骨铭心。

"小看这个人了！"

陈志的脸一阵阵发烧：他那哪是骨气，那是没教养，浅薄，傲慢与偏见。好在那时候小李应该还在大学啃书，对这些一无所知。

"你们吴总错爱了。"

陈志认真说。

"吴总这次本来想好好陪老师几天，好好向老师讨教的。老师突然告辞，他这时候不知道难过成什么样了。做了快半辈子企业，他越来越觉得做企业首先是做人，做人要有品格，脊梁撑得住，才能行得正，站得直。不然企业就是做得再大再强，人家还是看不起。他是真心想懂阳明心学的，相信那是做人的学问。可惜自己文化不够，许多道理只知其名不知其实，只知其表不知其里，只知其一不知其二，悟到了，却说不清道不明。所以他把文化人看得跟大神一样。他真的特别敬佩老师，每次在报纸杂志上看到老师的文章，总是不住口地夸老师了不起，是个人物……"

陈志好久没有这样被人夸过，想不到背地里还有人会把自己这种不入流的货色当回事，心里不免泛起一股久违的虚荣。这虚荣让他意识到自己今天断然离开悟道雅室是一个错误。他是吴喜保的客人，悟道雅室是时代集团的地盘，他犯得着因为那样一个"名记"冲动吗？不由暗自切齿：

你小子真不是个东西，从来就只管自己痛快，不管别人的感受。还有你的自以为是，简直莫名其妙！你对吴喜保真正了解多少？有什么根据对人家抱那么狭隘的成见？吴喜保并不是凝固的，而恰恰是一个动态的不断变化的时代标本，一个值得剖析的社会典型。剖析吴喜保，其实就可以剖析一个时代。这对你日薄西山的写作没准是一种拯救。

"回去代我向吴总道个歉，我今天很失态，但不是因为吴总。什么时候他想招呼，我随叫随到。"

陈志的声音有些喑哑。

"太好了，我一定转告。"

小李顿时兴奋起来：

"这下吴总一定会高兴得不得了。到时还是我来接老师，我猜吴总也会来。"

车子风驰电掣。高速很冷寂。车灯的强光照着单调枯燥的灰白路面，扎进深深的黑暗。

三

电话是半上午来的。时代集团的小李刚喊了声"老师"就哭了。

"昨夜吴总突然说去省城找你。而且非要自己开车。结果半道上车子冲出高速护栏，掉进了峡谷……"

陈志赶到时代集团的时候，悟道雅室已经布置成了灵堂。吴喜保的遗像神采奕奕，秃顶给人感觉是睾酮过剩。下面摆满了晚菊。

晚菊是董小宛的最爱。浓条婀娜，叶碧如染，花繁而厚。每天晚上，董小宛会将白色屏风围起菊丛，然后身入花间，燃起高烛，调理花枝具横斜妙曼之态，人影与菊影在屏风上参差摇曳。

近些年吴喜保也喜欢上了菊花。不知是不是知道了菊花是清高的象征，还是仅仅跟古代名人故事学的。

从吴喜保的追悼会回来不久，陈志在网上看到时代集团所在的那个市的腐败分子落马的消息，行贿者名单上，有吴喜保。

对吴喜保知根知底的老人们照旧喊他的原名"喜饱"，很是惋惜：喜饱老子死得早，癫子老娘讨饭养大他，临死的时候忽然对他就说了一句清楚的话：

"你死鬼老子交代过：日后就是讨饭也莫做亏心事。要么不活，活就活出个人样。胯上要跑得马，肩上要站得人！"

吴喜保的车祸疑窦丛生，众说纷纭。

陈志觉得，谁都不容易。即使牛到吴喜保这样，也不会没有苦衷。他最后几年那么煞费苦心地玩阳明心学那样高大上的玄虚，恐怕真不是为了装门面。现在他把什么想法都带走了，走前跟小李说去省城找自己，也许只是随口一说，也许真拿自己当可以掏心窝子的人。不管怎样，至少该为他叹息一声，就在悼文里弱弱的提了一句"吴喜保以及时代集团的成长历经风险"。

没想到悼文出来，引起了一片哗然。许多人认定："风险"云云是影射落马的腐败分子。"首席名记"老高正义感爆棚：

"这样墙倒众人推的事我是绝不做的。太不厚道了！"

陈志自知算不上厚道，但不至于"太不"厚道。他说的"风险"，那个腐败分子又何尝不在其中？同为悲剧人物，都是"破心中贼"的失败者，最多是想过和没想过的分别。本想有机会就此做个说明，又觉得无聊。罢了。

不久，看到了"首席名记"老高在自己的微信公号推出的沉痛文字：

《悟道雅室：一块雅致的遮羞布》。

代后记

小人物的命运史

本书收入的小说在文学期刊刊发时，评论家归类为"知青题材"。我颇荣幸。事实上，小说中的"新职工"并没有"知青"资格。

20世纪60年代初，陆续有一批批因为各种原因形成的"城市闲散人口"被动员到农村"自食其力"，报上的口号是"我们都有一双手，不在城里吃闲饭"。所到之地，人们对他们各不相同的来历抱有种种猜疑，1968年开始大批下乡的知青则把他们看作非我族类，在后来的知青大返城中，他们不在知青政策包括的范围。1964年我初中毕业，被学校动员进了这个行列。在长江中下游的一个沙洲上的农场种了近十年棉花。与我同去的许多人永远地留在了那里，近年来先后故去。

我能离开那里并且最终回到省城的老家，是因为写作。但无论是情感还是精神，几十年来，我从未走出那个像落叶一样漂浮在汹涌的江水上的小沙洲。那里的一切：人，事，物，始终是我写作的主要对象。

1990 年我以那个沙洲为背景的第一部长篇小说《梦洲》由人民文学出版社出版，我在书的扉页写了几句话：

> 谨以此献给：
> 　　爱过我和我爱过
> 　　恨过我和我恨过
> 　　生着的和已故的
> 　　所有的男男女女

将近三十年之后，我再次以同一个背景，陆续写作并发表了一系列中短篇小说。这些小说，可以看作《梦洲》后传。略有调整的是，长篇中的"梦洲"改作了贴近真实的"江洲"，体裁改为了便于叙述的中篇和短篇，我跟其中各色人等一起，经历了半个多世纪的风雨沧桑。现在，我把写在《梦洲》扉页的几句话重申一遍，表明写作宗旨的依然如故。

囿于思想和表达的能力，我从不奢望小说主题和艺术的重大深刻，只是尽力为我所在群体中的小人物立传，写我们的爱恨生死，喜怒哀乐，写我们对命运的卑微的顺从和渺小的挣扎，由此传达生活中永远不会缺失的善恶美丑，人情冷暖，以及希望。

书稿编好，颇有感慨。在半个多世纪的写作生涯中，文学一直是我生命存在的一种方式，忠实地支撑和充实着我的人生，使自己的人生获得一种平凡的价值。我因此对文学充满了深深的眷恋之情。

　　能与本书读者分享对文学的热爱，是我莫大的荣幸。

　　借此机会，感谢所有在我艰苦的文学跋涉中给予我莫大帮助的朋友们。

陈世旭

2022 年 5 月 15 日改定于岭南